DÉSESPOIR

D'AMOUR

NOUVELLES NOIRES

Les Éditions du Vermillon remercient
le Conseil des Arts du Canada
et le Conseil des arts de l'Ontario
du soutien qu'ils leur apportent
sous forme de subvention globale.

ISBN 0-919925-88-X
COPYRIGHT © Les Éditions du Vermillon,1993
Dépôt légal, premier trimestre 1993
Bibliothèque nationale du Canada

Collection «Rompol», n° 2

Désespoir d'amour

Nouvelles noires

réunies par

Richard Poulin

Sur la couverture

Cri

encre
Rip

 Les Éditions du Vermillon

Collection
Rompol

- **Criss d'octobre! nouvelles noires réunies par Richard Poulin,** 1990, 204 pages.

- **Désespoir d'amour. Nouvelles noires réunies par Richard Poulin,** 1993, 224 pages.

Préface

AMOUR DÉVORANT
ET PROSE INTERLOPE

Richard Poulin

A H! L'amour.
Qui n'a cru qu'être en amour, c'est véritablement vivre?

Qui n'a rêvé à la grande passion, celle qui dévore, cette exaltation sensuelle et érotique, cette fusion charnelle et spirituelle, moment privilégié d'une vie généralement routinière et inodore.

Exaltation névrotique aussi, car à ouvrir le journal, l'amour apparaît comme le facteur meurtrier par excellence. Quotidiennement, discrètement ou avec déploiement de titres indécents et racoleurs, toujours avec cette odeur curieuse de stupre qui empeste, les crimes dits passionnels ou sexuels se sont acquis le statut de véritable fléau.

Putain de vie! L'amour tue!

Et s'il y a le crime proprement dit, il existe aussi la mort ajournée, celle causée par LA maladie, celle qui se transmet par l'acte d'aimer (Chrystine Brouillet et moi-même en faisons état dans nos nouvelles respectives).

L'amour, c'est la passion certes, mais une passion souvent criminelle.

Partout des tueries familiales, des viols, de l'inceste, de la pédophilie, de la violence conjugale... Partout des meurtriers. Partout des victimes éperdues.

Pulsion destructrice, l'amour se conjugue à la haine. Le théâtre des opérations : la vie quotidienne. Dans un cadre pareil, l'amour et la haine se confondent facilement avec d'autres passions comme la jalousie, la vengeance et la cupidité. L'amour et la mort forment un couple indestructible, complice.

Argh! L'amour.

Dans ce recueil, l'éloge de l'amour tourne à sa critique, à l'exception d'une nouvelle émouvante, celle de Chrystine Brouillet.

En apparence, rien n'est plus simple que la passion authentique; mais il ne faudrait pas trop creuser, comme le montrent nombre de textes du présent recueil (notamment ceux de Bernard Drupt, Michèle La Roche et Madeleine Reny).

Dans la littérature classique, il y a toujours un triangle (le mari, la femme et l'amant ou le mari, la femme et la maîtresse) et il y a toujours un gêneur; la plupart des crimes réputés passionnels consistent à supprimer cet importun. Ce n'est pas le cas ici. Les auteurs du présent recueil évitent ces sentiers depuis longtemps battus. Une exception : Gilles-Éric Séralini qui réinvente le triangle dans une sorte de quadrature paralysante.

D'ailleurs, le vrai crime passionnel ne consiste-t-il pas à tuer celui ou celle qu'on aime? C'est ce que plaide Chrystine Brouillet.

On atteint le centre du thème quand le sentiment amoureux est la cause du meurtre ou quand il mène au suicide.

Vues de loin, les passions et les motivations sont variées. À y regarder de plus près, elles sont narcissiques et intéressées. La vengeance et la jalousie, combinaison explosive s'il en est, montrent l'égotisme des personnes, cette fixation affective à soi-même où l'abandon par l'autre devient un échec pour le moi bafoué. Ici, l'abnégation amoureuse n'existe plus et se révèle n'être que misanthropie égocentriste. Des variations sur ce thème ponctuent la majorité des nouvelles, notamment chez Germain Dion, Bernard Drupt, Marie Kristine Galipeau, Michèle La Roche et Gilles-Éric Séralini.

Seul Didier Daeninckx ose mettre en scène le lancinant complexe œdipien, fondement, selon la psychanalyse, de la civilisation occidentale. Le mythe, à peine transformé, prend une forme banale, horriblement banale. Il a la plume acérée, l'olibrius.

On ne saurait non plus éviter de traiter de la cupidité. Si l'amour mène à l'union, l'union n'est pas toujours désintéressée. Au contraire. Certes, la dot est disparue dans les pays capitalistes dominants, mais les avantages monétaires subsistent. Le divorce peut coûter cher, très cher. Andrée Beauregard s'est intéressée de près à cette question. Et pour certains, le meurtre peut finir par rapporter, même si la vengeance est l'élément déclencheur, du moins, c'est ce que fait valoir Madeleine Reny.

En quelques décennies, l'industrie du sexe, cette évocation génitalisée de l'acte charnel en différé, a envahi tout le tissu social. Ce ne serait qu'une industrie et un commerce du fantasme, si l'on s'en tient uniquement aux représentations visuelles. Mais, derrière ces représentations, existe tout un monde qui y travaille, un monde avant tout peuplé de femmes et d'enfants qui, au péril même de leur vie, notamment dans la pornographie *snuff* où l'on blesse et tue réellement des personnes, nourrissent d'images les hommes en mal d'aimer et qui aiment mal. J'ose vous proposer une descente dans cet enfer où l'amour constitue paradoxalement l'absence d'amour.

Tous les auteurs décrivent de bien étranges territoires interlopes, pourtant si communs, semés d'émotions passionnées, où l'amour devient le moyen privilégié de l'attentat.

À bien y penser, ces territoires sont-ils véritablement fictifs?

UN GENTILHOMME EN AUTOMNE

Chrystine Brouillet

L E cadavre portait un pourpoint à rubans d'un grenat profond qui rivalisait d'intensité avec les feuilles rouges collées aux plaies. Six balles avaient traversé le corps, éclaboussant la dentelle du col et le rabat, les hauts-de-chausses, le baudrier brodé de soie et la cape de feutre. Quelques confettis s'étaient mêlés aux boucles d'une imposante perruque, indiquant que la victime avait participé à une fête avant d'être assassinée.

L'inspectrice Graham méditait devant le macchabée quand le médecin légiste grommela un bonjour pâteux. Graham ne put s'empêcher de sourire en notant les cernes sous les yeux et les cheveux ébouriffés. Alain Gagnon avait, lui aussi, festoyé la veille et la découverte du corps le privait d'un sommeil réparateur. Il l'avoua lui-même :

— Il aurait pu attendre cet après-midi pour se faire descendre... C'est fatigant les parties d'Halloween! Il avait un beau costume, ton cadavre. Il devait être riche; ça vaut cher un habit comme ça. La location, c'est pas donné. Je me demande quel personnage il incarnait.

— Un gentilhomme de la cour. Je ne sais pas laquelle. Mais celle où il a abouti est plus minable que celle où il devait parader.

On avait retrouvé la victime derrière un restaurant désaffecté, fermé par les services d'hygiène pour cause de cafards.

— Qu'est-ce qu'il faisait ici? C'est en ville les parties.

— On dirait qu'il est venu se faire tuer là exprès, bougonna Alain Gagnon. Bon, en avez-vous encore besoin ou est-ce que je peux l'emmener? J'imagine que c'est urgent, comme toujours.

— Graham hocha la tête, amusée de la mauvaise humeur du légiste; elle ne l'avait jamais vu ainsi. C'était habituellement l'inverse.

— Prends deux aspirines avant de commencer l'autopsie. La tisane de thym avec du jus de citron est aussi efficace.

— Je ne trouverai pas ça à la morgue, répliqua-t-il, mais il parvint à esquisser un sourire avant de s'éloigner.

Graham quitta les lieux peu après son départ, en se félicitant du peu d'entrain manifesté

par les journalistes; eux aussi avaient vraisem-
blablement célébré l'Halloween. Graham, elle,
avait refusé les invitations des collègues, car elle
adorait distribuer des friandises aux enfants. Elle
avait acheté des tablettes de chocolat, des sucettes,
de la gomme à mâcher, des bâtons de réglisse, des
smarties, des caramels et des mini-sacs de *chips*
auxquels elle n'avait pu résister. Pour la première
fois en quatre ans, elle avait trouvé le temps de
creuser et découper une citrouille qu'elle avait
postée près de sa fenêtre pour annoncer la bienvenue aux enfants. Ils étaient nombreux à s'être
présentés, timides ou frondeurs, rieurs ou sérieux,
mais tous aussi gourmands. Les extraterrestres
semblaient à la mode cette année. Mais les bons
vieux pirates et cheikhs d'Arabie, les princesses,
les sorcières et les fantômes avaient encore la cote.
Graham faisait toujours semblant d'être incapable
de deviner qui se cachait derrière ces masques que
leurs porteurs voulaient menaçants. Les enfants
repartaient ravis en promettant de revenir l'automne suivant.

Vers onze heures, Graham était sortie dans
les rues pour goûter la magie de cette nuit excep-
tionnelle; les joyeux klaxons des voitures saluaient
les fêtards, les félicitaient de la beauté de leur costume. L'inspectrice croisait des squelettes et des
mandarins, des fées et des dragons, des Louis XIV
et des Scarlett O'Hara, des joueurs de hockey et

des chaperons rouges. Elle avait même vu une fourmi sillonner la ville, poursuivie par une bombe insecticide. Elle était rentrée chez elle gaie et détendue et avait rêvé de mondes fantastiques.

C'est pourquoi, malgré l'horreur du meurtre, elle était moins abattue et s'était présentée avec plus de courage au domicile de la victime. Annoncer un décès était une épreuve que détestaient tous les policiers.

Elle présenta sa plaque, puis se tut avant de demander à un homme effaré si c'était bien à cette adresse que vivait François Dubois.

— François? Oui. Il demeure ici. Qu'est-ce que... Il devrait être rentré depuis...

Le silence de Graham, comme la compassion de son regard étaient suffisamment éloquents, mais l'homme secoua la tête en signe de dénégation :

— Non! Il n'est pas mort! Je ne veux pas! Pas lui!

Graham attendit que son interlocuteur cesse de sangloter pour l'interroger. Christian Bureau répondit mécaniquement aux premières questions. Il connaissait la victime depuis sept mois, ils avaient vécu ensemble presque aussitôt. François devait fêter ses cinquante ans la semaine suivante; ils s'étaient rencontrés à Montréal, au *California*. François jouait au billard, il ne faisait pas son âge.

— Sinon, j'aurais été gêné de le draguer, je ne veux pas avoir l'air de chercher mon père. Je pensais qu'il avait trente-huit, trente-neuf ans. Peut-être quarante. Je n'aurais jamais deviné qu'on avait vingt-quatre ans de différence.

— Il travaillait dans la publicité si j'ai bien compris? J'ai trouvé une carte d'affaires. Qu'est-ce qu'il faisait dans cette compagnie?

— Elle lui appartenait.

— C'est ce que je croyais, fit-elle, en désignant le salon. C'est très beau ici. Très design. J'aime beaucoup cette sculpture, on dirait du marbre bleu. Mais le marbre bleu n'existe pas. Qu'est-ce que c'est?

Christian Bureau eut un sourire triste :

— C'est de la peinture sur bois. Technique personnelle.

— C'est vous qui l'avez faite? Bravo! Elle semble saupoudrée d'or. C'est superbe.

— François l'aimait beaucoup. Il m'encourageait à créer... Il pensait que j'avais du talent. Mais c'est peut-être parce qu'il m'aimait.

— Non, c'est vraiment bien. La forme est si pure. Vous exposez dans une galerie?

— François s'en occupait. On devait faire ça au printemps. Je ne peux pas croire qu'il est mort. C'est impossible, il m'avait dit que ses derniers tests étaient bons.

— Ses tests?

L'homme hésita avant de murmurer :

— Il était séropositif. Mais il n'avait con-
tracté aucune maladie. On espérait. Vraiment.
J'étais sûr qu'on trouverait un vaccin! C'est in-
croyable... Quand il est sorti hier pour la *party*, je
ne l'avais pas vu depuis trois semaines; je suis
rentré de voyage hier soir mais il ne m'attendait
pas, j'ai avancé ma date de retour pour lui faire une
surprise. Pour qu'on fête ensemble l'Halloween. Il
était déjà sorti; j'aurais dû le prévenir. Enfin, ça
n'aurait plus été une surprise. Je me suis demandé
où il était, mais allez donc deviner quelle *party* il
avait choisie. Je me suis couché en me disant qu'il
m'éveillerait en rentrant. Ce matin, je me suis levé
sans le trouver à côté de moi. Je me suis dit qu'il
devait avoir trop fêté. Qu'il était resté à dormir
chez des amis puisqu'il ne savait pas que je rentrais. Je ne voulais pas aller en France, mais c'est
lui qui m'a poussé à le faire pour mon travail. Je
n'aurais jamais dû l'écouter. Je ne l'ai même pas
revu. Il était bien pourtant.

Graham pressa le poignet de l'homme
éploré.

— C'est bête, oui. La vie est bête. Mais je
suis quand même obligé de vous dire que votre
ami n'est pas mort de maladie comme vous sem-
blez le croire. Il a été tué.

— Mais il ne prenait presque jamais sa
voiture?

— Ce n'est pas un accident de la route. C'est un meurtre.

— Un meurtre? cria Christian Bureau. Êtes-vous folle?

— Pas tout à fait. On a retrouvé le corps de votre ami ce matin, au fond d'une cour. On l'a abattu. Est-ce que vous lui connaissiez des ennemis?

— Mais non!

— Un concurrent? Ou un amant rejeté? Il vivait seul avant de vous rencontrer?

— Oui. Il m'a dit une fois que c'était vraiment con que je sois le premier homme avec qui il voulait vivre alors qu'il allait plutôt mourir.

— Vous aviez très peur? demanda doucement Maud Graham.

L'homme soupira :

— Oui. Tout le monde a peur. Mais j'avais déjà perdu un ami comme ça. Ce n'est pas que j'étais habitué. On ne s'habitue pas à la mort. Mais je savais davantage ou je pensais que je savais davantage à quoi m'attendre... François, lui, avait peur pour moi. Dans les premiers temps du moins. Il ne voulait pas me contaminer. Et puis à force de lui expliquer qu'avec des précautions... Et il était réellement en forme. Personne ne pouvait deviner. De toute façon, il n'en parlait presque jamais. Avec moi, oui. Parfois même avec humour. Il avait énormément d'humour. Et d'énergie. La maladie ne

l'avait pas ralenti. Il le refusait. Il travaillait presque autant à l'agence. Il aimait tellement son
agence! Son bébé! Il avait de quoi en être fier, et de
plus en plus de succès, sa clientèle était intéres-
sante, ses projets passionnants. Si je n'avais pas
compris à quel point l'agence l'aidait à combattre
le mal, j'aurais pu être jaloux de son travail.

— Mais justement, j'insiste, ses succès professionnels devaient faire des envieux?

— Pas au point de l'assassiner, quand même!

Graham admit qu'on avait détroussé aussi
la victime; son portefeuille était vide.

— Mais, ce qui m'intrigue, ajouta-t-elle,
c'est que le meurtrier ait pris la peine de subtiliser
les billets et de remettre le portefeuille dans une
poche du costume. En général, les voleurs prennent tout et jettent plus loin le portefeuille après
avoir gardé les cartes dont ils peuvent se servir. Ils
ne les trient pas sur les lieux d'un crime.

— Ah bon? Ah!

Christian Bureau la regardait sans la voir,
l'écoutait sans l'entendre. Elle se retira, après
avoir dit qu'elle repasserait dès qu'elle aurait des
nouvelles.

— Ah oui, j'oubliais, avez-vous le nom de
son médecin?

Il le lui donna. Elle sortit ensuite en le mettant en garde contre les journalistes.

— Ne répondez à personne. De mon côté, je m'en tiendrai à répéter les conclusions du légiste à la presse.

Elle expliqua en effet, avec une foule de détails techniques, quelles balles avaient été employées, quelle balle avait eu tel impact, quelle balle avait causé tels dégâts. François Dubois n'ayant pas de famille, elle put révéler son identité et les journalistes, apprenant qu'il n'avait ni femme, ni enfant, renoncèrent aux clichés de la veuve et de l'orphelin pour se ruer plutôt à l'agence de François Dubois. Les employés sauraient bien parler de leur patron.

Ce qu'ils dirent à Graham avant de rencontrer les journalistes n'était qu'éloges et louanges. François Dubois avait su créer un climat de confiance à son agence. Plusieurs employés retenaient difficilement leurs larmes pour répondre aux questions de l'inspectrice. Celle-ci apprit que la victime avait célébré l'Halloween chez le graphiste qui donnait une *party* chaque année.

— François était de bonne humeur. Un petit peu soûl. Il était content d'avoir gagné le deuxième prix au concours de costumes. Il est parti vers minuit, en nous disant qu'il y avait une autre *party* où il voulait aller. C'est ça, l'Halloween; les gens vont d'une fête à l'autre, reviennent, repartent. Je ne sais pas où il se dirigeait. Ça ne devait pas être trop loin de chez moi, puisqu'il n'a pas pris de taxi.

Si j'avais su, je l'aurais empêché de sortir! Il était si heureux des plans, c'est trop...

— Des plans?

— D'agrandissement du bureau. On a acheté la bâtisse d'à côté, il y a sept mois. Mais c'est seulement maintenant qu'on peut rénover parce qu'il a fallu attendre que la ville donne son accord. Il était question qu'ils occupent ces locaux. On n'a quasiment pas vu François ces derniers mois; il passait son temps à essayer de régler ça. Enfin, tout rentrait dans l'ordre... Je ne sais pas quoi vous dire...

Graham murmura quelques mots de réconfort, remercia les employés, puis retourna voir Christian Bureau. Tout en prenant soin de ne pas être suivie par quelque journaliste, elle repensait aux propos du légiste. Alain Gagnon avait été formel : une seule balle avait tué François Dubois. Les cinq autres avaient été tirées dans les jambes, dans les bras.

— Comme si après l'avoir descendu, on avait continué à tirer sans viser. Juste pour vider le chargeur.

Le médecin qui soignait François Dubois réagit curieusement à l'annonce de la mort de son patient. Il murmura qu'il avait eu bizarrement raison.

— Raison de quoi?

— Il me disait qu'il allait bientôt mourir. Moi, j'essayais de lui dire d'espérer, que les recherches avançaient. Mais il ne me croyait pas.

— Son ami me disait qu'il était gai, optimiste.

— Il lui mentait.

— Vous croyez qu'il aurait pu se suicider?

— Oui. Mais on lui a bien tiré dessus à bout portant?

— Effectivement. Et il faut que je trouve à qui profite le crime.

Quand Christian Bureau ouvrit à l'inspectrice, il la regarda avec une stupeur manifeste pour tenter aussitôt de cacher sa surprise. Qu'avait-il appris dans la journée?

— Je vois que vous avez aussi des choses à révéler, fit-elle sur un ton d'évidence.

Christian Bureau fronça les sourcils et secoua la tête trop fortement pour que l'inspectrice accepte ses dénégations.

— Bon, je commence alors, vous m'expliquerez ce que vous savez ensuite. Est-ce que vous héritez de votre ami? Parce que si c'est le cas, il faudrait que je sache ce que vous faisiez hier entre...

— Arrêtez, chuchota-t-il. J'hérite.

— Et vous l'avez tué?

— Je l'ai tué. Il me l'avait demandé. Il m'a donné une lettre pour vous, au cas où j'aurais un ennui avec la justice. Il y en a copie chez le notaire qui peut identifier son écriture : la lettre a été écrite dans son cabinet.

— Pourquoi avez-vous tiré cinq autres balles?

— Pour faire réellement croire à un meurtre. Il ne pouvait pas se suicider lui-même, car il aurait mis en péril son agence. On aurait pu imaginer qu'il avait des difficultés en affaires. François était tout, sauf égoïste. Il tenait à ce que les gens qui travaillent pour lui continuent à le faire après sa mort. Et pour rivaliser avec les concurrents, il devait moderniser, agrandir. Il a acheté l'immeuble voisin, mais ne pouvait l'assurer. Parce qu'on lui aurait demandé un bilan de santé... Comme héritier de l'immeuble, c'est moi qui ferai le fameux bilan.

— Mais il aurait été plus simple de vous prêter l'argent et de vous faire acheter l'immeuble, non?

— Non. Parce qu'il ne pouvait pas le payer entièrement. Il a emprunté à des banques. Son nom est valable. Pas le mien. J'ai fait de la prison. Christian Bureau est un nom, pourrait-on dire, d'artiste?

— Votre ami a donc acheté l'immeuble, prévu les plans d'agrandissements mais ne pouvait ensuite l'assurer? J'en doute. Il doit bien y avoir une compagnie qui...

— Il n'y croyait pas. Il ne pouvait en prendre le risque. Il voulait aussi que je sache qu'il me faisait entièrement confiance. Il m'aimait.

— Vous aussi.

— Moi aussi.

— Je crois que c'était un homme intègre. Qu'est-ce que vous allez faire?

— Continuer. Assurer l'immeuble, le rénover. En faire la meilleure agence de publicité de la ville. Mon bilan de santé est bon.

— Vous avez raison, dit Graham. Les journalistes devront se contenter de ce que je leur ai déjà raconté. À première vue, le vol est le motif du meurtre. Je dirai qu'on a piqué moins de vingt dollars. Ils pourront y aller de leur couplet sur l'absurdité d'une somme aussi dérisoire. «Pour quelques dollars». C'est un bon titre, non?

— C'est François qui aurait pu nous le dire.

— Peut-être, oui.

LES POISSONS ROUGES

Didier Daeninckx

J E n'aurais jamais cru qu'on puisse être aussi calme après avoir tué son père. Ou son beau-père...

L'autre, je ne l'ai jamais connu, alors, c'est tout comme!

«*Tu n'as rien perdu!*»... Je l'ai entendue au moins mille fois, celle-là... Maman était encore enceinte de moi lorsqu'il est parti. Il ne m'a laissé que son prénom, Albert... que je traîne depuis vingt-trois ans. Il n'y est pour rien, c'est maman, elle l'aimait encore, malgré tout, mais ce n'était pas une raison pour m'imposer ça une vie entière...

J'ai dormi normalement, sans cachet, huit heures d'affilée et s'ils n'avaient pas cogné à la porte pour le café, j'y serais toujours.

Je n'ai pas voulu y penser avant de m'endormir. J'ai serré les dents, à les briser, et les idées ont reflué de ma tête.

Je suis seul dans la cellule, une faveur paraît-il! On voit bien qu'ils vivent de l'autre côté des grilles... On se cogne les genoux au mur, rien qu'en s'asseyant. À deux, on aurait moins froid. Et on peut se parler, même si on ne se dit pas tout. Ils m'ont obligé à laisser toutes mes affaires en entrant. Une espèce de balle de vêtements serrés par ma ceinture, au milieu de toutes les autres, avec mon numnéro d'écrou, dans une cellule inoccupée bourrée de casiers.

C'est la première fois que je dors ailleurs que dans mon lit. Trois jours, que je devais passer à Vincennes, mais je ne suis resté que le matin et une partie de l'après-midi. Ils m'ont réformé avant le morse, avec un type qui se remettait mal d'un accident de moto. Personne ne m'en a voulu à la maison, même grand-mère qui était juste un peu triste.

L'avocat était là, et c'est lui qui a demandé au gardien si je pouvais prendre avec moi le carnet et le crayon. Il a commencé par dire qu'il ne voulait pas d'histoires, qu'on verrait ça plus tard, avant de hausser les épaules pour me faire signe d'y aller.

On ne s'évade pas avec du papier et un crayon!

C'est un gros cahier de couturière de l'année 1973, deux pages par jour, heure par heure, sous une épaisse couverture cartonnée noire. Depuis près de quinze ans j'y inscris le résumé de chacune de mes semaines sur une page en les numérotant. Mon écriture est restée pratiquement la même, pattes de mouches, penchée d'un côté quand j'écris à la fenêtre, de l'autre près de la lampe. Demain, ce sera la semaine n° 730, il ne reste plus qu'une page à remplir...

Semaine n° 1, du 2 au 8 avril 1974

Il n'a pas fait beau et je ne suis pas sorti au zoo avec l'école. J'ai fait semblant d'être malade, de tousser. Mercredi, maman m'a emmené au marché de la mairie. Je l'ai tirée jusqu'au fond, derrière la halle. Il y avait des lapins nains, des hamsters, et toute une portée de petits chiens plus beaux que des caniches, des bergers labrit... J'ai réussi à revenir avec deux poissons rouges (parce que ça ne fait pas de saletés), en promettant de m'occuper de leur donner à manger.

Semaine n° 18, du 29 juillet au 4 août 1974

Je n'aime pas quand ils se battent. Les disputes, ce n'est pas la même chose. Je l'entendais qui poussait des cris aigus, dans ma chambre. Quand je suis entré, il était sur elle et lui tenait les bras. Maman a sursauté en me voyant. Il s'est levé, d'un coup, une main entre ses jambes qui ne cachait rien et m'a fichu une claque. Il a plein de poils sur la poitrine et un gros ventre avec un nombril tout plissé. Je n'ai pas pleuré.

Semaine n° 31, du 30 novembre au 6 décembre 1974

J'ai encore eu des mauvaises notes à l'école. Je suis gaucher, alors c'est obligé, dès que j'ai écrit un mot avec mon stylo-plume, ma main passe dessus avant qu'il soit sec. Ça fait sale et la maîtresse ne veut rien comprendre parce qu'elle est de la main droite, elle. À la maison, maman m'a fait passer un test : elle me lance un ballon et je tape dedans. C'est toujours le pied gauche qui part, donc je suis un vrai gaucher, sauf qu'elle n'ose pas venir le dire à la maîtresse. Elle a honte.

Semaine n° 40, du 23 au 29 janvier 1975

La voiture télécommandée est cassée. Il n'arrêtait pas de jouer et elle cognait contre les pieds de la table. Bien sûr, c'est moi qui casse tout! Il se croit le plus malin, mais je l'ai regardé boire son vin, à table... Il claquait du palais en disant: «Il est vraiment bon son Gamay, pour le prix... Faudra penser à en recommander... Tu ne veux pas y goûter?» Je sais bien que maman ne boit jamais d'alcool, sinon je n'aurais pas pissé dans le goulot... Pas beaucoup, cinq ou six gouttes, je voulais plus, mais j'ai sorti ma quéquette de la bouteille quand j'ai entendu des pas.

Semaine n° 47, du 13 au 19 mars 1975

Mes poissons rouges ont disparu! Dès que je rentre, le midi, je pose mon cartable et je viens les voir. L'aquarium n'était plus à sa place, sur le réfrigérateur. J'ai d'abord cru qu'il était dans l'évier pour qu'on change l'eau. Rien. Je l'ai trouvé en haut du placard de la cuisine, au milieu des bocaux vides. J'en ai fait tomber. Il est sorti de la salle de bains à moitié rasé, en entendant le ramdam. Pas très à l'aise. Il travaille une semaine sur deux très tôt, et là, c'est la semaine de l'après-midi. J'ai éclaté en sanglots. Il a fait semblant d'être triste pour me dire qu'il avait rincé le bocal après l'avoir nettoyé à l'eau de javel. Les poissons étaient dans la poubelle, sous un emballage de Mokarex. Je les ai enterrés dans la jardinière, sur le balcon, avec des petites figurines d'Indiens, au-dessus, pour faire joli.

Semaine n° 48, du 20 au 26 mars 1975

Je ne sais pas si on peut mourir à neuf ans, si le cœur peut s'arrêter d'un seul coup, à cause du chagrin. C'est la voisine du dessous qui a tout déclenché parce que l'eau traversait son plafond et avait fait un court-circuit dans sa télé, en gouttant. Elle tambourinait à la porte et ses cris résonnaient dans l'escalier. Il est venu ouvrir, en pyjama. Maman était dans la baignoire, la tête contre le rebord en émail, les yeux à demi-fermés. L'eau coulait du robinet de douche et passait par-dessus bord, par tout un tas de petits filets. Au début, je croyais qu'elle nous faisait une blague. Il a dit : «Ne touchez à rien!», et a coupé le courant au compteur. C'est là qu'il a sorti le sèche-cheveux qui flottait devant les seins de maman.

Semaine n° 50, du 3 au 9 avril 1975

Elle est toute seule dans le cimetière depuis lundi. J'ai vu plein de gens de ma famille que je ne connaissais pas. On a tous mangé dans un restaurant, à l'entrée du cimetière de Pantin et j'ai pleuré pendant tout le repas. On m'a posé plein de questions, un monsieur de la police et un autre des assurances, rapport au sèche-cheveux, mais rien sur les poissons rouges. Ce n'est pas une histoire d'eau de javel.

Semaine n° 354, du 7 au 13 février 1981

Il pourrait être plus discret, ce connard! Ou les emmener ailleurs... Si je mets ma musique à fond la caisse, c'est pour ne pas les entendre! Il parle encore de me placer en apprentissage, un lycée de menuiserie vers Lamastre, au fin fond de l'Ardèche, où il connaît quelqu'un. Sous prétexte que je ne veux rien apprendre. Il ne s'interroge pas. Pour lui, c'est comme ça. Menuisier du pied gauche... Rends-moi maman; j'apprends.

Semaine n° 553, du 5 au 11 novembre 1984

Ils ne m'ont pas gardé longtemps, à Vincennes! Même pas une journée. C'était comme une salle de classe, à la différence que le prof était en uniforme. Des paquets de tests plus débiles les uns que les autres, du genre : «Qu'est-ce qu'on prend pour enfoncer le clou? La cisaille, le discours ou le marteau...» Au choix! J'ai fait n'importe quoi, à la fin je ne lisais même plus les questions. Quand on a commencé à décrypter le morse, un trait long, deux traits courts, un examinateur est entré et m'a appelé, moi et un type qui avait la tête entourée de bandages, un accident de moto. Direct au psychiatre. Il m'a parlé de ma mère et c'est comme si je revoyais la baignoire. Grand-mère est venue à la maison, mais elle ne le supporte pas, elle non plus.

Semaine n° 726, du 24 au 30 janvier 1988

Des mois qu'il tousse comme une caverne. Le matin, il n'arrivait plus à garder son petit déjeuner. Ça partait dans le lavabo, avec le dentifrice. Bonjour le réveil! Un sale truc en dessous de la gorge, à l'œsophage. L'ambulance est venue le prendre, avec tous les voisins dans l'escalier. Je leur ai claqué la porte au nez quand ils ont voulu me plaindre... Je m'en fous de leurs malades; ils n'ont qu'à faire pareil.

Semaine n° 727, du 31 janvier au 6 février 1988

Tu parles qu'il ne voulait jamais me laisser seul à la maison! Ça arrive à tous les mômes de jouer avec l'éther et les allumettes. D'abord j'avais onze ans et le liquide enflammé s'est mis à courir sur le carrelage tout seul... J'ai jeté de l'eau, mais trop tard, il était passé sous la porte. À peine si ça a brûlé le lino de l'entrée... Depuis, il me prend pour un incendiaire! Prétexte! J'étais à la recherche des lettres que j'envoyais à maman, de colonie, quand je suis tombé, dans le placard de leur chambre, sur une grosse boîte de chez André. Des bottes, mais à la place, entouré de chiffons il y avait un sèche-cheveux, le même que celui qui a tué maman, avec le ventilateur sous le plastique ajouré au-dessus de la poignée, mais il était rose au lieu de bleu. Je l'ai dévissé : tout rouillé à l'intérieur, comme si on l'avait trempé dans l'eau.

Semaine n° 728, du 7 au 13 février 1988

Pendant trois nuits je n'ai pensé qu'à ce sèche-cheveux, à la manière dont il s'y était pris. Tout est venu d'un seul coup, quand j'ai repensé aux poissons rouges! J'ai relu mon journal de mars 1975 et je me suis aperçu qu'ils avaient disparu quelques jours seulement avant que maman s'électrocute dans son bain.

Je le vois comme si ça se passait devant mes yeux, en train de remplir la baignoire, d'y verser l'eau et les poissons de l'aquarium et de jeter le sèche-cheveux allumé pour vérifier si le courant les tuait...

Semaine n° 729, du 14 au 20 février 1988

Il a essayé de sourire en me voyant entrer dans sa chambre. Son doigt se pliait pour que j'approche. L'opération lui avait laissé un trou dans la gorge et un gros pansement qui vibrait au rythme de sa respiration. Il a ouvert de grands yeux quand j'ai appuyé sur la gaze avec mon poing. Ça n'a pas duré une minute. J'ai sonné pour appeler l'infirmière.

J'en étais là, avec la dernière page du cahier de couturière en blanc, quand la porte de la cellule s'est ouverte. Le flic à qui j'avais tout expliqué au commissariat est entré, le frère de mon beau-père sur les talons. Il tenait le sèche-cheveux à la main. Il l'a posé sur la couverture.

— Tu te souviens de la date... pour ta mère?

Le frère me regardait comme au zoo.

— 21 mars 1975, le jour du printemps, pourquoi?

Il a désigné le sèche-cheveux, d'un mouvement du menton.

— Parce que ton histoire ne tient pas debout. J'ai envoyé l'appareil chez Moulinex, pour expertise. Ils sont formels, ce modèle a été fabriqué à partir de septembre 1975, soit six mois après la mort de ta mère...

Le frère a voulu apporter son grain de sel.

— Pourquoi tu ne dis jamais rien? Si tu me l'avais demandé, je t'aurais expliqué que Jean et ta mère s'aimaient comme peu de gens osent se l'imaginer... Il ne s'en est jamais vraiment remis... Je savais qu'il avait essayé de faire une connerie, à cette époque...

Je me suis mis à ricaner. Lui, l'aimer? C'est la meilleure! Il n'y en a qu'un qui l'aime. Je criais.

— Menteurs! Menteurs! Vous inventez au fur et à mesure...

Le flic est venu à son secours.

— C'est malheureusement la vérité... Ton père a tenté de se suicider de la manière dont ta mère était morte, en s'électrocutant... Tu l'as tué pour rien...

Ils sont enfin partis, ils n'en pouvaient plus de m'entendre chanter... J'ai pris mon calepin à la dernière page, avant le calendrier de l'année 1974 et j'ai écrit mon titre.

Semaine n° 730, du 21 au 27 février 1988

Et je n'ai trouvé qu'une phrase à inscrire : «Ils disent ça pour que je regrette.»

FAITS DIVERS D'AMOUR

Bernard Drupt

L'INCONNUE DES VACANCES

LA Méditerranée était bleue... parsemée de dentelle frémissante et argentée sous l'éclat du soleil.

Quelques triangles de tergal blanc aidaient de fins voiliers à bondir sur la crête des vagues.

Tout autour de moi, des filles couleur «pain d'épices», pour ne pas arborer de deux-pièces moins une, n'en exhibaient pas moins des avantages certains et appréciables.

Une mouette, blanche et solitaire, vint tournoyer à quelques mètres de moi. Qu'elle était heureuse d'avoir l'immensité des cieux pour seule route!

Au-dessus de ma tête, dans un bouquet de pins parasols, les cigales chantaient bruyamment...

Déjà trois semaines, trois longues semaines, qu'elle était partie!

Elle était arrivée à la mi-mai, bien avant la vague chatoyante et sans-gêne des estivants au teint pâle.

Par un après-midi semblable à celui-ci, elle m'était apparue à la fois svelte et sportive, calme et sereine, et s'était installée non loin de moi, dans ce coin reculé du bord de mer.

Sans me prêter un seul regard, elle s'était débarrassée de sa jupe à fleurs vives (d'énormes tournesols sur un fond vert tendre) et de son fin corsage (du nylon blanc cloqué) pour n'être plus vêtue que d'un maillot une pièce, noir et strict, mais au dos vertigineusement décolleté.

D'un sac de sport bleu et blanc, elle avait sorti un drap de bain multicolore qu'elle avait soigneusement étendu sur la plage en évitant d'y déposer du sable (deux fois elle l'avait secoué).

Puis, ayant chaussé des lunettes aux verres fumés, mon inconnue s'était allongée paresseuse-ment, exposant son corps harmonieux aux caresses du soleil.

Deux jours de suite je l'avais observée, deux jours de suite je m'étais sensiblement rapproché d'elle. J'avais découvert l'auburn naturel de ses cheveux coupés courts, le fin dessin de ses lèvres à peine sensuelles. Son nez était petit, mais droit; le menton rond et volontaire.

Seuls m'échappaient ses yeux, dissimulés derrière les lunettes noires. Parfois, pourtant, il me semblait sentir son regard peser sur moi. Douce incertitude...

Le troisième jour, son maillot noir fut remplacé par un blanc, de même coupe. Mais la clarté de ce mince vêtement mettait mieux en valeur ses formes impeccables. Des ombres se dessinaient, qui sur le noir n'existaient pas...

Ce jour-là, elle se baigna et, lorsqu'elle quitta l'eau, ruisselante et détendue, je surpris son regard qui me sembla brûlant.

Comme un caniche, elle s'ébroua, secouant ses courtes boucles, puis, d'une démarche de reine, elle regagna sa place, alors que moi, j'allais au bain.

Sur ses lèvres carminées, je crus lire un sourire...

Huit jours passèrent. J'admirai mon inconnue, je la détaillais, je la dévorais, je la mesurais, la photographiais, mentalement bien sûr, sans que jamais j'eusse la certitude qu'elle s'en apercevait.

Lorsqu'elle sortait des vagues, un bref éclair, parfois, illuminait ses yeux et un faible sourire découvrait ses dents.

Et puis, je la suivis, mais s'en aperçut-elle? Un, deux, trois soirs, je guettai ses fenêtres; elle n'apparut jamais, tirant toujours le lourd rideau avant de mettre la lumière...

Il y avait quinze jours... quinze jours que je ne mangeais plus (enfin, de moins bon appétit), quinze jours que je ne dormais plus (c'est-à-dire que je pensais si fort à elle avant de m'endormir qu'elle venait peupler ma nuit de rêves plus ou moins fous).

Et ce soir-là, alors que sur mon banc j'imaginais la belle vaquant dans sa chambre à son aise et Dieu sait quoi encore! voilà qu'elle ressortit...

Me vit-elle en passant près de moi? Surpris de ce départ, confus à la pensée d'être découvert, furieux de ma conduite, le cœur battant, les jambes molles, je n'en suivis pas moins la merveilleuse inconnue.

Sa silhouette et ses pas m'amenèrent, doucement, de nouveau vers la mer. Mais au lieu de descendre l'escalier menant à la plage, elle en monta un autre qui conduisait à la jetée.

Le vent s'était levé. Dansant la farandole, les étoiles scintillaient et le pinceau du phare réglait leur grand ballet.

Des gerbes d'eau montaient au delà du parapet, après que les vagues folles s'étaient brisées sur les rochers.

Blottie dans l'angle de la rambarde, retenant d'une main ses cheveux, de l'autre son ample jupe, elle était là, face à l'immensité de la mer et de la nuit.

Je m'approchai, la gorge sèche, et posai ma main sur son bras. Elle ne tressaillit pas mais, détournant la tête à travers la pénombre, elle fouilla mon regard.

Quittant sa chevelure, sa main saisit la mienne, puis elle m'entraîna à sa suite.

Nous marchâmes longtemps, silencieux et unis par le seul lien de nos deux mains jointes, essuyant les rafales du mistral en colère, saoulés par le grondement de la mer excitée.

La crique était déserte et le bouquet de pins ondulait gracieusement aux rudes caresses du vent.

C'était notre plage. Car, déjà, je pensais «notre plage». Là, où depuis longtemps, j'observais ma déesse.

Les cigales s'étaient tues, remplacées par le grésillement des aiguilles de pin qui se frottaient avec la complicité de la nuit.

Nous nous laissâmes choir au pied d'un tronc torturé, sur le sable humide et les aiguilles bruissantes... et, toujours en silence, sans échanger un mot, nous nous aimâmes fort jusqu'au petit matin.

Elle resta sourde à toutes mes questions, se contentant seulement de caresser mon visage, et refusa obstinément que je la raccompagne.

Je voulus lui faire promettre de nous revoir; alors elle s'enfuit, me laissant seul, inconscient, heureux, fourbu... et sur le lit de notre amour je m'endormis béatement.

Alors que je rentrais, vers midi, le portier me remit une enveloppe dont l'écriture m'était inconnue.

La lettre émanait d'elle... d'une écriture ner-
veuse, ma déesse m'expliquait qu'elle était sourde-
muette et voulait mourir...

Je courus à son hôtel, demandai après elle,
pris son nom et cherchai... cherchai...

Elle venait de Paris... Elle n'allait nulle part.
Ainsi la décrivait la fiche de police...

Trois semaines ont passé. Pourtant j'espère...
Sur ma tête chantent les cigales... dans le ciel, la
mouette solitaire tournoie toujours, piquant de
temps à autre droit sur la mer en poussant son cri
caractéristique, si triste...

SUR LA LIGNE 4

À ma fille

À CETTE époque, chaque matin je me rendais à la Tour pointue pour recueillir des tuyaux de première main auprès d'un ancien condisciple de l'école de la rue de Clignancourt.

Venant du XVIIe arrondissement (je demeurais, alors, rue Lambert), je prenais le métro à Château-Rouge où la rame de la ligne numéro quatre me conduisait directement à La Cité.

Invariablement, à la station Les Halles dont l'odeur si caractéristique flottait de la gare précédente jusqu'à celle d'après, j'apercevais le vieux... le court temps d'un arrêt.

Il n'avait pas d'âge, entre soixante et quatre-vingts ans, selon les jours... Son restant de cheveux gris était toujours bien coiffé. Son regard, un peu trouble, se baissait rapidement si, par hasard, il croisait le vôtre... Son teint semblait jaunâtre, et sa lèvre inférieure proéminente, pareille à celle du grand Maurice, retenait toujours un mégot qui semblait roulé main et éteint.

Il était assis tout à l'extrémité du banc de bois; une besace de cuir lui barrait la poitrine et ses maigres jambes, sous le pantalon triste et tirebouchonné, enserraient invariablement un colis bien ficelé, de taille et de forme différentes chaque jour.

Vingt fois, j'essayai de me rendre compte si le paquet était étiqueté, mais je ne pus rien voir que l'épais papier bistre, soigneusement plié et retenu par une grosse ficelle claire aux nœuds et croisements impeccablement faits.

J'oubliais presque le bonhomme, tant sa présence était devenue banale en ce point précis de la station; et ce n'était guère qu'à l'occasion d'un changement d'affiche (une soupière de potage fumant remplaçant un bustier racoleur...) que je retrouvais, impassible et serein, le petit vieux au mégot lamentable mais au ballot parfait... pour, l'accoutumance revenue, l'ignorer à nouveau jusqu'au bouleversement publicitaire suivant...

Un jour, mon ami le commissaire me donna matière à effectuer un reportage spécial dans le quartier Saint-Eustache. Par conséquent, je descendis plusieurs jours de suite à la station Les Halles, bousculé par des ménagères matinales portant des paniers surchargés de victuailles, de verdure et de fleurs, coudoyant maints clochards crasseux et résignés dégustant un «calendos» rance ou coulant et descendant allègrement leur litron de gros rouge...

Et, toujours, le petit vieux au colis se tenait tout au bout de la banquette, bien propre dans ses vêtements fatigués, semblant attendre que passe, inexorablement, le temps...

Comme mon enquête se poursuivait, un matin je dus arriver plus tôt... L'absence du porteur de paquet me saisit davantage que l'énorme slip indécent qui remplaçait un sein bien rond, formé de volutes plus ou moins pleines. De surprise, je restai là, m'asseyant à sa place, regardant les mouvements de la foule agitée... Tous ces êtres fébriles allant, venant, porteurs de cabas vides ou pesants, environnés d'odeurs fortes ou subtiles, parmi les claquements de portières et les coups de sifflet d'un chef de station incroyablement calme et conscient de son importance, me firent immanquablement penser à une gigantesque fourmilière... le bruit en plus!

Du dernier wagon d'une rame, le bonhomme descendit; le colis était important, il heurta un voyageur, s'excusa, tira sur la poignée fixée à la ficelle, mais le paquet resta coincé à l'une des portes... L'air comprimé chuinta, la porte résista, puis le bagage la libéra, sous les haussements d'épaules de voyageurs agacés, mais inertes... Les

portes claquèrent, le chef souffla dans son instrument et la rame s'enfuit, suivie par un œil rouge
et cyclopéen.

À aucun moment l'homme ne s'était énervé.
Il me vit assis à sa place et, après un léger temps
de surprise, il s'installa à mon côté, posa soigneusement le paquet tout contre sa jambe droite, pour
ne pas me gêner, et entreprit de rouler une cigarette de ses doigts noueux et tremblotants.

Il alluma son espèce de cigarette déformée
à la véritable torche qu'était son vieux briquet à
mèche d'amadou, puis aspira quelques bouffées,
le regard fixe...

La «chose» ne tarda guère à s'éteindre, pendant et tenant par miracle sur sa lèvre charnue.

J'avais tiré de ma poche un journal, dans
lequel je feignis de m'absorber...

Une heure passa.

Le vieux se leva en soupirant. J'entendis ses
genoux craquer et abaissai mon quotidien.

Son regard clair, presque enfantin, plongea
quelques instants dans le mien. Il eut un autre
soupir, hésita, puis demanda :

— Vous aussi, Monsieur, vous attendez
quelqu'un?

— Oui, répondis-je, tandis que le rouge de
la honte me montait au front, malgré moi...

Il hésita, puis reprit place auprès de moi.

— Il ne faut pas... vous êtes jeune... la vie tout entière devant vous... N'attendez jamais rien que de vous-même...

Un quart d'heure durant, il me parla.

Il dit être veuf, n'avoir que de maigres besoins et faire le livreur bien plus pour s'occuper que pour gagner sa vie... Il avait une fille «bien mariée, monsieur, trop bien... C'est moi qui ne suis plus assez bien pour eux... Alors, je la vois ici, de temps en temps, entre deux rames... Elle me dit que tout va bien, me glisse dans la main un gros billet dont je n'ai nul besoin, et puis repart pour des semaines... Je n'ai plus qu'elle, monsieur...» Il soupira à nouveau, se leva et ajouta, des larmes plein les yeux : «Si seulement elle m'embrassait...»

Il se baissa pour ramasser le colis et se releva sans le prendre, au moment où le portillon, proche, se fermait avec l'entrée de la rame.

Je crus l'entendre dire : «Je suis très fatigué, monsieur». Et, sans que j'aie pu faire le moindre geste, il se jeta sous la motrice, tandis que les fourmis hurlaient...

Parcourant les faits divers dans le journal, le lendemain, j'appris que sa fille était dans la rame qui l'avait déchiqueté... Elle venait tout juste de divorcer et s'apprêtait à héberger son père...

LE FUMIER

EN cette fin du mois d'août, le soleil tapait dur dans un ciel qui se couvrait par intermittence.

Sur le coteau, non loin de sa maisonnette, derrière trois arbres dont les branches s'affaissaient, croulant sous les fruits qui achevaient de mûrir, l'homme, à grandes fourchées, jetait le fumier sur un tas déjà haut. La brouette vidée, il planta brusquement la fourche dans la paille souillée, cracha dans ses mains et ramena l'ustensile vers l'appentis d'où s'élevaient des bêlements énervés.

Quelques grosses gouttes s'écrasèrent bruyamment sur les tuiles plates; l'homme attrapa un sac à pommes de terre qui traînait à portée de sa main et sortit en refermant la porte basse.

Il n'avait pas parcouru dix mètres que la pluie tombait à seaux. Il pressa le pas vers la bâtisse voisine.

— Cré vain Dieu! Quel déluge... Pour sûr que si le père Noé était encore vivant, il sortirait son arche

Alphonse Leclaire s'ébrouait sur le pas de la porte qu'il avait ouverte d'une poussée vigoureuse. Il tournait son large dos à la salle sombre, masquant le rideau de pluie qui tombait du chéneau percé. D'une secousse de l'épaule gauche, il rejeta la toile de jute qui lui tenait lieu d'imperméable, tandis que la main droite, large comme un battoir, s'emparait de sa casquette trempée et la frappait violemment contre le mur.

L'homme se retourna, non sans avoir tapé les pieds à plusieurs reprises sur le seuil d'entrée fait de deux pierres disjointes et ébréchées. Dans le visage tanné, un large front creusé de rides semblables à des sillons et une moustache roussâtre et orgueilleuse, à la gauloise, se détachaient de prime abord, puis, lorsqu'il releva la tête, un regard clair, à la fois chaud et ironique, apporta une vive lumière accompagnée d'un éclair de jeunesse.

Dans l'ensemble, on lui donnait la cinquantaine. La voix sonnait les quarante. Quant au regard, il possédait la limpidité de l'enfant alliée à la malice de l'adolescent.

Devant la pénombre qui régnait, Leclaire tourna le bouton d'un vieil interrupteur de porcelaine jaunie. D'une ampoule de quarante watts, coiffée d'un abat-jour de plastique posé de travers, jaillit une lumière pâlotte.

Tout en s'ébrouant vigoureusement, un chien rouquin se faufila entre les jambes d'Alphonse qui grogna pour le principe.

— Alors, Miraud! T'es plus pressé que moi?

Le chien au poil long et ruisselant le fixa de ses bons yeux intelligents, s'ébroua à nouveau et alla s'allonger sous une chaise dont le siège refait se composait de lanières de cuir grossièrement entrelacées.

Se dirigeant vers un buffet bas surchargé de boîtes et d'objets divers, Alphonse, courbant sa haute taille, attrapa un litre posé dans l'angle du meuble, entrouvrit une porte qui grinça, sortit un verre dans lequel il souffla comme pour en chasser la poussière avant de le remplir et le vida d'un trait. Puis il l'emplit une seconde fois, en claquant la langue de satisfaction.

Leclaire allait franchir la porte basse qui menait à ce qui lui servait à la fois de cave, de cellier, voire de grenier, lorsqu'il vit une silhouette se dresser devant lui.

Un peu surpris quand même, il dévisagea l'homme tout en demandant:

— Qu'est-ce que vous faites ici?

Son costume avait dû être de bonne coupe, sa chemise blanche et ses souliers cirés... Lui aussi s'était fait surprendre par l'orage, car l'eau dégoulinait de ses cheveux noirs et luisants. Détail moins réjouissant, le type tenait fermement dans sa main droite un pistolet de fort calibre...

Une brève seconde Alphonse eut peur; puis, comme l'autre ne répondait pas à sa question, il la renouvela simplement :

— Qu'est-ce que vous faites ici?

L'homme ne semblait pas disposé à parler; d'un mouvement du revolver, il fit signe à Leclaire de reculer, puis de s'asseoir. Ce dernier s'exécuta, tout en calmant d'un mot son chien qui commençait à grogner.

— Veille à ce que ton clébard ne fasse pas l'idiot, sinon je le descends!

La voix de l'inconnu venait de claquer, sèche comme un coup de fouet, avec un mauvais accent.

Alphonse fronça les sourcils et les rides qui sillonnaient son front se creusèrent plus profondément. Qu'un inconnu pénètre chez lui — encore qu'il ne fermât jamais sa porte — ne lui plaisait déjà pas trop... Qu'en plus il le menace d'une arme, encore moins... Mais si, par-dessus le marché, il voulait s'en prendre à Miraud... Ça n'allait pas se passer comme ça, pour sûr!

Il lança au type :

— Essaie un peu de toucher à mon chien, pour voir!

Pour toute réponse, l'autre intima l'ordre à Leclaire de lui servir quelque chose à boire, tout en s'installant à califourchon sur une chaise. Puis, sortant de sa poche un «transistor» miniature, il chercha un poste donnant les informations.

Sur le ton badin que les chroniqueurs prennent à présent pour nous débiter l'actualité mondiale, Leclaire put entendre à loisir le compte rendu de l'accroissement de la tension en Afrique du Sud, le bilan des tués sur la route, le point sur les dernières amours à la cour d'Angleterre et, outre un drame de la folie (quatre tués), l'incapacité de la police à retrouver la trace d'un dangereux repris de justice, évadé lors de la reconstitution d'un crime dans la région de Clermont-Ferrand...

L'inconnu coupa là l'émission et vida son verre de vin.

— Ça a l'air tranquille dans ce coin... J'ai envie de prendre deux ou trois jours!

— C'est justement parce que je tiens à rester tranquille que je ne veux personne ici, répliqua Alphonse.

— Tout doux, l'ami... Le premier bled est au moins à trois kilomètres, tu as de quoi manger, je me détends un peu, le temps de reprendre mon souffle, si tu vois ce que je veux dire... Toi, tu te tiens peinard, tu la boucles, tu m'avances un peu de fric et je me barre sans histoires, vu?

Sous la chaise Miraud grognait en montrant ses crocs...

— Et si je ne suis pas d'accord? demanda Leclaire qui commançait à s'énerver.

— Je te bute. Avant qu'on s'aperçoive qu'un peigne-cul de ton espèce n'existe plus, j'aurai mis des milliers de kilomètres entre nous!

— Fumier!

Alphonse, qui sentait la moutarde lui monter au nez, s'était dressé en bousculant le siège. Le chien, lui, se précipita d'un bond sur l'indésirable visiteur.

— Miraud, nom de Dieu! hurla Leclaire.

Trop tard! L'autre était tombé à la renverse sous le poids de l'animal et à deux reprises il tira dans le flanc de la bête qui se mit à gémir.

Renversant la table de chêne massif pour se protéger, Alphonse se glissa vers le portemanteau, là où était pendu en permanence son fusil de chasse. Il jeta une chaise dans les jambes du gars qui allait se relever, décrocha l'arme toujours chargée, et tira sans viser, en même temps que l'autre!

La balle du révolver se ficha dans le chambranle à deux centimètres de son épaule gauche. La tête du type n'était qu'une bouillie informe...

Alphonse Leclaire se précipita sur le chien qui léchait doucement le sang s'écoulant de son corps.

— Ce n'est rien, mon vieux... ce n'est rien... Je vais t'arranger ça, tu vas voir...

Il y a eu d'autres orages, un automne, un hiver et le printemps est de retour... Couché sous un arbre qui bourgeonne, Alphonse Leclaire regarde Miraud gambader autour de ses moutons... Près de lui un minuscule transistor égrène des rengaines et, quand un air ne lui plaît pas, Alphonse ferme brutalement le poste, ses yeux clairs s'obscurcissent et il jure mentalement : «Le fumier! Il n'avait qu'à pas tirer sur mon chien!»

Puis il casse une croûte, boit un quart de vin tout en suivant la course des nuages... Et son regard redevient clair... voire amusé... Miraud s'en vient quêter une caresse; il la lui donne sous forme de deux tapes amicales, puis il pense au voyou dont on n'a plus parlé, au voyou qui repose, plus loin, sous le fumier...

> *«Advienne ce qu'il voudra,*
> *tant que je serai ici et vivant,*
> *mon chien y restera avec moi,*
> *et merde pour ceux qui ne seront pas contents!»*

Le Roman de Miraud, Louis Pergaud

L'ENVOL DES CORNEILLES

Andrée Beauregard

MON histoire est véridique.

Autrement dit dégueulasse.

Si je vous la raconte, c'est que je dois protéger mes arrières. Dans une histoire à deux, on ne sait jamais d'avance ce qui se produira. C'est comme jouer à la roulette russe. Il n'y a qu'une balle pour deux protagonistes et une seule victime.

Dur, dur!

On espère toujours que ce ne sera pas soi, la victime. Mais bon, quand le jeu est lancé, il n'y a plus moyen de l'arrêter. Donc, puisqu'il y a cinquante pour cent des chances que je me fasse trucider, j'ai décidé de mettre sur papier ma petite histoire.

Sur l'enveloppe adressée au notaire, j'écrirai dramatiquement : «À n'ouvrir qu'en cas de décès».

Ce matin, je me suis réveillé à sept heures. Le croassement des corneilles était assourdissant. Les hirondelles bicolores, nouvellement arrivées, trissaient en tentant de déloger les noirs volatiles de leur aire de nidification.

Je suis resté sans bouger pendant un moment, puis je me suis retourné pour examiner ma femme.

Elle est plutôt petite, châtain, aux yeux noisette, et sans traits remarquables. Bref, c'est le genre de femme que l'on peut croiser dix fois par jour sans trop la remarquer. Elle est ordinaire, tristement ordinaire.

Sa peau blanchâtre, légèrement grasse, luit dans la pénombre. Elle ronfle par à-coups, de ce ronflement léger qui, comme le vrombissement de la mouche, tape tellement sur les nerfs qu'il faut absolument se lever, partir en chasse et tuer pour se libérer de ces décibels exaspérants.

Elle est vivante... malheureusement.

Elle s'appelle Viviane et je suis marié avec elle depuis douze ans.

Je fais la grimace et sors prudemment du lit. Sur la pointe des pieds, je vais à la salle de bains.

Je me lave, me rase et mets ma robe de chambre en ratine — un vieux cadeau de Noël de Viviane. Toujours sur la pointe des pieds, je me déplace des toilettes à la cuisine. Je prends un café que j'emporte sur la galerie. Je m'assois, buvant, fumant et contemplant par-dessus la balustrade l'un des panoramas les plus beaux du Québec.

C'est cette vue que vous vous offrez quand vous habitez dans la région du Charlevoix. Le fleuve majestueux, encadré de montagnes érodées presque toujours vertes, car peuplées de sapins et d'épinettes, vous entraîne dans la rêverie, éliminant temps et tracas, sauf pour ceux qui en vivent. C'est justement notre problème, à Viviane et à moi. Autrement dit, parce que le Saint-Laurent captive, il nous rapporte argent sonnant. Et ce pécule a donné naissance à nos actuels tourments.

Notre maison est l'auberge de Port-au-Persil, faux village étalé le long d'une route secondaire. L'auberge a coûté deux cent cinquante mille dollars à l'achat et cent mille de plus pour la rénovation. On est censé avoir fait une affaire. Je n'en sais rien — je ne connais rien à l'immobilier — mais c'est là que j'adore vivre.

J'allume une nouvelle cigarette. Je contemple avec morosité le paysage, m'étonnant du paradoxe qui consiste en ce que le paradis devienne enfer et l'amour haine.

Pourtant, il n'y a là rien d'étonnant. Maintenant, je hais Viviane, après l'avoir aimée comme un fou.

Je l'entends dans la cuisine. Je sais que je ferais mieux de foutre le camp, sinon c'est l'engueulade assurée. Mais, comme d'habitude, j'en suis incapable. Ce n'est pas par paresse, ça j'en suis sûr. Si je reste là à l'attendre, c'est indubitablement pour me prouver une fois de plus que j'ai de très bonnes raisons de la détester.

Elle sort sur la galerie et me dit «Alors?» avec une pointe de défi. Je la fixe avec dégoût. Comment peut-elle faire ça? me dis-je. Comment une femme peut-elle arriver à ressembler à ça pour de l'argent?

Elle a arrêté de s'épiler. Son visage désormais s'orne d'une petite moustache marron, ses jambes et ses aisselles n'ont plus rien de féminin. Ses cheveux... Mais à quoi bon continuer?

Elle est répugnante.

— Alors? répète-t-elle.

— Ça ne t'avance à rien. Tu vas seulement faire fuir la clientèle, lui dis-je.

— Quoi? beugle-t-elle.

Je lui réponds par un haussement d'épaules.

Elle me regarde hargneusement. Son front se plisse. Les petites rides autour de sa bouche se creusent. Elle se prépare à me postillonner une réplique.

— Tu viens, oui ou non?

Je la regarde dédaigneusement. D'une voix que je tente d'affirmer, je lui déclare :

— Je n'irai pas chez le notaire. Jamais. Alors tu ferais mieux d'arrêter tes singeries et...

Sa tasse de café en plein dans mon visage interrompt ma tirade. À moitié aveuglé, je me lève et me dirige en titubant vers la salle de bains. Son rire saccadé me poursuit.

Je m'appelle Gilles Lavigne. Je suis artiste peintre. Artiste est un bien grand mot. Bien sûr, je vends quelques toiles chaque année, mais je sais très bien que mon talent est limité. Je suis un artisan honnête et consciencieux. Je travaille tous les jours laborieusement. Je n'ai pas encore connu l'état de grâce.

Bref, je n'ai rien d'un Van Gogh qui, lui, n'a vendu qu'un seul tableau de son vivant. Je ne suis pas un génie méconnu. À ma mort, mes tableaux ne vaudront pas plus que maintenant.

Pourquoi suis-je devenu peintre et pourquoi le suis-je resté? Je ne le comprends pas bien moi-même. Tout ce que je peux dire, c'est que j'aime peindre.

La plupart de mes toiles ne représentent rien. On dit qu'elles sont abstraites. Moi, j'essaie d'expliquer qu'elles symbolisent l'explosion intuitive de sentiments refoulés. Le pire, c'est que j'arrive à me croire, car un de ces jours, j'en suis sûr, je réussirai à communiquer ce que je vis intérieurement. D'ici là, mon charabia est déclamé pour impressionner la clientèle.

Viviane prétend que je suis daltonien, d'où sa complaisance à décrire mes explosions comme de vulgaires barbouillages merdiques. Lorsqu'elle résume sa pensée, elle les qualifie de pets malodorants.

Pourtant, quand on s'est rencontrés, elle trouvait mon travail génial.

La plupart de mes clients sont des touristes de passage qui viennent à l'auberge pour profiter du paysage pendant quelques jours. Il n'y a rien d'autre à faire qu'admirer le fleuve et les montagnes. Ils finissent donc tous par flâner dans la grange retapée en atelier et mini-galerie d'art. Certains en ressortent avec l'une de mes toiles.

Bon an, mal an, je me fais entre dix mille et quatorze mille dollars. Il y a un peu plus de douze ans, quand j'ai rencontré Viviane, je gagnais trois ou quatre mille dollars pas année. À l'époque, je vendais des aquarelles rue du Trésor, à Québec. C'était encore la mode, pour les filles de bonne famille, de paraître bohèmes en sortant avec un pauvre artiste marginal. Elle a jeté son dévolu sur ma personne parce que je paraissais encore plus pauvre que les autres qui, comme moi, s'échinaient à vendre leurs croûtes aux touristes américains.

Pour elle, j'étais l'occasion rêvée. Avec moi à son bras et dans son lit, elle montrait à son paternel que non seulement elle était autonome, mais aussi rompait avec le milieu social et familial.

Je suis encore persuadé qu'elle m'aimait réellement, tout comme je suis sûr maintenant qu'elle
était attirée par moi parce que je représentais tout
ce que son milieu exécrait.

La maison familiale de ma future femme
était située à Westmount, à Montréal. Toutefois,
depuis quelques mois, Viviane habitait un studio
(qui me semblait plutôt un quatre pièces sans cloi-
sons) dans la vieille ville de Québec. Elle étudiait à
l'université Laval en administration des affaires ou
quelque chose de ce genre.

Son indépendance était plus apparente que
réelle : son père réglait toutes ses factures et,
bientôt, paya les miennes.

À ce moment-là, j'avais une plus haute esti-
me de moi-même que maintenant. L'argent n'avait
pas d'importance. Seul l'art comptait. Mais il fallait
bien vivre.

Et, aussi étrange que cela paraisse, je pensais
que Viviane de Carufel était l'une des plus jolies
filles du Québec. Il faut dire que je n'avais jamais
fréquenté des filles de la haute. Elles ont un petit
quelque chose de particulier. Une sorte d'assurance
en elles qui leur permet une grâce altière dans la
démarche, un port de tête fier et une aisance de langage qui impressionnent et qui m'avaient totalement séduit. De plus, Viviane avait les moyens
de se choisir des vêtements qui la mettaient en
valeur. Même ses jeans coûtaient une fortune. Ils

lui moulaient les fesses et les cuisses à faire frémir les plus innocents. Bref, elle avait une sacrée classe.

Monsieur de Carufel, le père de Viviane, était un grand bourgeois en semi-retraite. Il ne siégeait plus qu'à une demi-douzaine de conseils d'administration de trusts et de conglomérats. À douze ou quinze réunions par année, il se faisait un petit revenu de quelques centaines de milliers de dollars servant à couvrir les petites dépenses courantes, l'entretien des maisons, de la fille unique, les voyages et autres calamités qui rendent la vie des riches bien difficile à supporter si l'on en croit la littérature populaire et les téléséries.

Il débarqua dans le studio de Viviane un après-midi de juin. Il arrivait tout juste d'un séjour de trois mois à Nice, sur la Côte d'Azur. Bronzé juste comme il sied à un homme de sa classe, habillé sport, décontracté, il insista pour faire ma connaissance, et nous emmena souper dans un de ces restaurants selects où la moindre aile de poulet équivaut au salaire hebdomadaire d'un ouvrier non spécialisé.

Le bonhomme était très sympathique et chaleureux. Pas prétentieux avec ça. Un chic type.

Viviane ne lui adressa pour ainsi dire pas la parole de toute la soirée. Au moment du départ, elle détourna la tête quand il s'avança pour l'embrasser.

Pourquoi détestait-elle autant son père? Je lui posai la question lorsque nous retournâmes au studio.

— Tu n'as jamais été la fille de quelqu'un qui... qui... n'arrête pas de te dire quoi faire et comment le faire! Qui ne te laisse aucune initiative et te rappelle constamment tout ce que tu lui dois. Et ce tout-là se compte seulement en argent sonnant.

— Tu es majeure, dis-je. Tu pourrais te trouver du travail!

— Non, je ne peux pas! Il m'en empêcherait. Il pense que les femmes ne doivent pas travailler. Si je trouvais du travail... et si j'avais assez confiance en moi pour le garder, il me le ferait payer cher.

Je comprenais enfin pourquoi elle s'emmerdait à suivre des cours en administration. Elle voulait prouver à son père qu'elle pouvait prendre la tête des affaires familiales. Mais ses velléités, semble-t-il, ne l'avaient pas convaincu. Alors, elle se révoltait à sa façon, tombant en amour avec l'exact contraire de la figure paternelle et faisant la grève de l'affection. Mais je ne voyais pas pourquoi travailler lui coûterait cher. Je lui posai la question :

— Qu'est-ce que tu veux dire par là?

— Mon père est un homme très riche, Gilles. Et je suis sa seule héritière.

— Mais... oh! fis-je.

— Je peux attendre. Il n'y a pas d'autre solution. Je l'ai supporté toute ma vie, je l'ai donc bien mérité, dit-elle en élevant la voix. J'ignore à combien ça montera, mais j'en mérite cent fois plus. Tout ce que je voudrais, c'est qu'il y ait un moyen de... d'accélérer les choses!

— Ne dis pas ça, tu ne le penses pas!

— Tu ne comprends pas, dit-elle d'un air las. Tu ne peux pas comprendre.

Pourtant, il n'y avait rien de plus simple à saisir; c'était classiquement œdipien.

Et puis, je préférais être couché sur le testament du vieux... plutôt que de l'assassiner. Parce que Viviane ne se rendait pas compte qu'elle agissait comme son père : elle me le faisait rudement sentir qu'elle m'entretenait. Je n'aurais certes pas réglé mon problème en l'aidant à éliminer le sien.

Les mois suivants, je vis régulièrement monsieur de Carufel. Au moins une fois par semaine, il trouvait le moyen de venir à Québec et de passer la journée avec moi. Je dis bien au moins. Fréquemment, c'était plus souvent. Je ne renâclais pas, au contraire.

J'étais amoureux de Viviane. J'espérais avoir son père comme beau-père. Pas seulement parce qu'il était riche, mais aussi parce qu'il était extraordinaire. De toute façon, je l'aurais trouvé extraordinaire parce qu'il était riche.

J'arrive mal à démêler mes sentiments d'alors. Le paternel était un homme que j'aimais bien, même si je reluquais son argent. Lui aussi m'aimait bien. Ça se sentait.

Un jour, je lui fis comprendre que je voulais épouser sa fille. Il me lança un long regard en hochant la tête sans se mouiller. Au bout d'un moment, il déclara :

— Viviane est comme sa mère. Écervelée, irresponsable, complètement hostile à toute forme d'autorité. Elle t'a certainement parlé de sa mère?

— Non, dis-je avec franchise. Elle ne m'en a jamais parlé.

— Non? Eh bien, je ne suis peut-être pas très juste envers Viviane. Elle a beaucoup de qualités. En tout cas, elle a de quoi devenir quelqu'un de bien. Ce n'était pas le cas de sa mère.

Pendant qu'il commandait deux autres cognacs fine napoléon de trente ans d'âge, je me demandais quelle horreur son ex-femme avait bien pu commettre : voler, tuer...

Les verres arrivés, il dit d'un ton négligent :

— Madame de Carufel est partie avec un autre homme.

«Bon! c'est quoi le problème?» pensai-je. Avant que je réagisse et lui dise que j'étais navré, il ajouta :

— La place d'une femme, c'est à la maison. Or, souvent elle essaie d'être autre chose qu'une mère et qu'une fidèle épouse dévouée. On parle beaucoup des intégristes musulmans, mais pour ce qui est des femmes, ils ont certainement le droit...

Il me jeta un coup d'œil. Je suppose que j'avais l'air d'être opposé à ses idées rétrogrades. Il hésita et s'éclaircit la gorge.

— Je ne défends pas les intégristes, ces fous de Dieu. Tout ce que je veux dire, c'est que le foyer est sacré. Il doit être préservé coûte que coûte. À la femme de s'occuper de la maison, à l'homme de la protéger.

Finalement, même si je ne le pensais pas, je lui dis que je partageais son opinion.

Monsieur de Carufel n'avait pas cessé de me fixer. Il se leva, m'étreignit la main, rayonnant, et m'accueillit dans la famille.

J'épousai Viviane civilement. C'était en 1979. Trois ans plus tard, l'année du début de la pire récession économique mondiale, l'année de la faillite en série des entreprises paternelles, monsieur de Carufel se suicida, laissant un testament fort dégarni. Il léguait à sa fille, et seulement à sa fille, tout son avoir. Malgré les créanciers et les impôts, l'héritage se montait tout de même à près de quatre cent mille dollars.

C'est grâce à l'héritage que Viviane a acquis l'auberge de Port-au-Persil.

Notre contrat de mariage avait été rédigé selon la communauté des biens. Ce qui appartenait à Viviane, devait donc rester la propriété de Viviane. Mais la nouvelle loi du patrimoine familial, adoptée par le gouvernement libéral, a tout changé. Tout ce que le couple avait acquis pendant le mariage, l'auberge et ses dépendances, devait maintenant appartenir également aux deux conjoints à moins que, dans un délai de quelques mois, l'on demande, devant notaire, de bénéficier des clauses dérogatoires de la loi.

Vous voyez le tableau d'ici.

J'aimais Viviane, mais...

Viviane était heureuse avec moi, mais...

Viviane veut rester l'unique propriétaire de l'auberge, et je le lui refuse. Demain, l'auberge m'appartiendra à parts égales. Elle ne pourra plus me traiter de parasite. Je serai chez moi autant qu'elle.

Viviane va perdre une partie de son capital. Pire encore, elle va perdre son pouvoir sur moi.

Elle a tout essayé pour que j'accepte de me rendre chez le notaire signer les papiers qu'elle avait fait préparer dès qu'elle avait pris connaissance du texte de la loi. Depuis, on agit comme deux armées, chacune dans sa tranchée, harcelant l'ennemi, jaugeant ses forces, avant de déclarer la guerre totale.

Aujourd'hui, c'est le dernier jour du délai légal pour se présenter chez le notaire.

Cette journée voit l'arrivée des hirondelles, la fin des escarmouches et le commencement du meurtre.

En s'enfuyant, les corneilles ont craillé à mort.

JETTATURA

Madeleine Reny

CE restaurant est minable. C'est une quelconque pizzeria au décor fade; quelques tables en bois brun, mal équarries, tailladées par des clients peu scrupuleux, accompagnées de chaises même genre. À gauche, des bancs capitonnés, couleur bistre, fixés au mur, et des planches de stratifié servant de table. Minable! Les murs blancs sont décorés de l'éternel bois brun rougeâtre. À droite, un petit enclos où on retrouve des tas de verres empilés les uns sur les autres, une caisse enregistreuse, un tabouret et deux bols, l'un pour les allumettes, l'autre pour les petits bonbons multicolores. Je scrute avec dédain tous les détails de l'endroit. J'ai déjà vu mieux, mais rarement pire.

L'entrée avec fracas de deux clients, au moment où je m'apprête à me rendre aux toilettes, me cloue sur place. Deux hommes, gros, gras, cheveux longs et sales, ventres bedonnants, jeans mal foutus et manteaux de cuir aux longs frisons, viennent prendre place sur le banc derrière moi. Comme par enchantement, mon petit besoin primaire de tantôt disparaît complètement. Les toilettes étant à l'arrière, je devrais passer près de leur table pour m'y rendre. Je connais ce genre d'hommes. Ils me lorgneraient, se pencheraient pour regarder ma démarche qui est, disons-le, un peu trop déhanchée et prononcée, émettraient des commentaires disgracieux pour ensuite se désopiler bruyamment. Mon habillement étant particulièrement flatteur ce soir, je préfère donc demeurer bien sagement assise.

Dix-neuf heures quinze. Je reste ou je quitte? Cela fait déjà une demi-heure que j'attends, et toujours pas d'Emmanuel. Entre ma peur de lui, ma colère contre lui et mon amour pour lui, je ne sais vraiment plus où donner de la tête. J'ai vingt-neuf ans, bientôt trente, et je n'en suis pas à mes premières relations. Cependant, avec Emmanuel, c'était différent. C'était, car il a rompu il y a déjà quelques mois. Je porte encore les séquelles émotionnelles de cette rupture.

J'ai fait la connaissance d'Emmanuel un jour tiède de mai. J'était conviée à une soirée au profit des artistes de la province. Denis, mon amant, ministre des Affaires culturelles, m'accompagnait.

J'en avais ras le bol de ces soirées de relations publiques où tout se déroulait toujours de la même façon : mot de bienvenue du président, petit discours ennuyeux de l'invité d'honneur, remerciements aux grosses têtes qui étaient présentes, vin d'honneur, repas copieux, soirée dansante accompagnée du blabla de circonstance, sourires et rires faux, gentillesses des uns et poltronneries des autres, sans oublier les regards cuisants et perfides des femmes qui avaient toutes, sans exception, espéré être la coqueluche de la soirée. Ouf! À ma demande, polie mais directe, d'être dispensée de cette corvée, Denis m'avait fait remarquer que j'étais très connue du milieu artistique, que je siégeais à plusieurs conseils d'administration et qu'à titre de réalisatrice du poste de télévision ayant la plus forte cote d'écoute, je devais être présente. Et, m'avait-il susurré, «je tiens absolument à t'avoir à mes côtés». Je m'étais donc retrouvée, «à ses côtés», dans la salle ultra-chic du Château Riverain, souriant par-ci, riant par-là, penchant la tête vers mes interlocuteurs, donnant ainsi l'ultime impression que toute mon attention leur était destinée.

Je réussis quand même à m'esquiver et me rendis au cabinet d'aisances. Chemin faisant, je fus violemment heurtée par une espèce d'énergumène, cigarette au bec, qui courait frénétiquement vers la salle de bal. Le contact de nos deux corps me fit tomber et la cigarette vint choir sur mes genoux. D'un geste rapide et colérique, je secouai prestement ma robe pour déloger l'intruse, mais il était déjà trop tard. Elle avait laissé son empreinte indélébile sur le tissu soyeux.

— Quelle idée de prendre tout le couloir, vous auriez dû vous tasser à droite, me dit-il et, me laissant là, assise sur le sol, l'air complètement éberlué, il repartit du même pas de course en grommelant inintelligiblement.

Je fus alors prise d'un de ces fous rires, celui-là même qui fait tressaillir tout le corps et qui agit indubitablement sur la glande lacrymale. Je restai ainsi pendant ce qui me parut une éternité, tentant de reprendre un certain aplomb mais, surtout, essayant de m'expliquer pourquoi cet homme m'avait tant impressionnée, pour ne pas dire frappée. Était-ce ses yeux pers, si perçants, sensuels et profonds? Ses cheveux aux boucles longues, couleur ébène? Son corps élancé et gracieux? Je me secouai afin de chasser cet inconnu de mes pensées et retournai parmi les invités.

Ce soir-là, Denis me fit l'amour, mais je ne pus m'empêcher de penser à ce bel inconnu, de l'imaginer, de le désirer. Je me permis rêveries et fantasmes sans fin. Il me prenait doucement dans ses bras, me caressait les cheveux d'un geste apaisant, effleurait ma nuque et mon cou de baisers enivrants tout en me chuchotant des mots tendres et délirants. Je l'imaginais, sa tête reposant sur mes seins, sa respiration douce câlinant ma poitrine et ses mains découvrant chaque infime partie de mon corps. Au matin, Denis me reprocha d'avoir gigoté toute la nuit et de l'avoir privé du sommeil réparateur dont il avait tant besoin avant de commencer une journée très accaparante.

Je lui souris et gardai pour moi seule la fantaisie de mes rêves nocturnes.

Au fil des mois qui passèrent, j'essayai d'oublier ce visage d'homme. J'y serais parvenue si...

— Un autre café, mademoiselle? s'enquiert la serveuse aux gros seins et à la jupe serrée et écourtée.

Acquiesçant, je lève la tête et fixe l'horloge au haut de la porte d'entrée. Dix-neuf heures trente-cinq. Je jette un regard furtif autour de moi. Les deux compères sont toujours là, aussi bruyants et agaçants. C'est bizarre, je les avais pourtant complètement oubliés. Emmanuel aussi, qui se fait toujours attendre, fidèle à lui-même. Je me rends compte alors que ma colère contre lui s'est évanouie pour faire place à la mélancolie. Je m'abandonne une fois de plus à mes pensées qui retournent vers notre hier, le soir de notre deuxième rencontre.

J'étais, cette fois, invitée à la pièce de théâtre qui était présentée en grande première au Québec. Tout le lot des grands noms du théâtre, du cinéma et de la télévision était invité. Au cours de la réception suivant la représentation, on me présenta l'auteur de ce chef-d'œuvre. Mon cœur chavira lorsque je me trouvai devant le bel inconnu qui m'avait tant troublée.

— Toutes mes félicitations, monsieur Saint-Onge. Votre pièce est sans égale.

— Oui, vous avez raison, déclara-t-il. Je n'aurais jamais, de toute façon, porté sur les planches une œuvre qui aurait été médiocre.

Sa réplique me figea. Quel prétentieux, me dis-je. Pousserait-il l'audace jusqu'à faire semblant de ne pas me reconnaître? J'en fis l'essai et lui dis, dans un seul souffle :

— Ne nous sommes-nous pas déjà rencontrés?

— Je ne crois pas, mademoiselle. Dans ce métier qu'est le mien, on me présente à tant de gens que leurs visages deviennent anonymes. Peut-être pourriez-vous me rappeler notre rencontre?

Comme si je n'avais pas entendu sa requête, je dis sèchement :

— Je vous souhaite une bonne fin de soirée, monsieur.

J'étais furieuse. Envers moi pour avoir cru qu'il me reconnaîtrait, envers lui pour sa franchise et son arrogance. Après quelques salutations d'usage, je pris la direction de la sortie. Au même moment, une voix m'interpella :

— Mademoiselle, attendez. J'aimerais vous dire un mot.

La voix profonde et enveloppante d'Emmanuel Saint-Onge me fit frissonner.

Il déposa alors sa main sur mon épaule.

— Mademoiselle Gentile (tiens, il connaît mon nom), on m'a parlé de vous en termes très élogieux. J'aimerais faire plus ample connaissance. Que diriez-vous d'un digestif dans un petit estaminet non loin d'ici?

Ma curiosité fut piquée au vif. Pourquoi ce changement soudain d'attitude? Qu'avait-il appris? Était-il au courant de mes fonctions de réalisatrice? C'était l'invitation d'un homme d'affaires qui espérait pouvoir utiliser le réseau d'une personne bien placée pour faire avancer sa carrière. Consciente de ce fait, j'acceptai.

Le déroulement de cette fin de soirée fut très inattendu. Emmanuel, loin des fastidieuses obligations protocolaires, se montra sous un jour nouveau. Son enjouement, son sens de l'humour et sa loquacité me perturbèrent profondément. Son hilarité contagieuse me fit retrouver les éclats de rire fougueux du temps de ma jeunesse. Il me raconta ses innombrables déboires de metteur en scène, me cita des extraits de ses nombreux écrits et me fit la confidence qu'il en était à sa première tentative d'écriture d'un polar. Je l'écoutais, buvais

ses paroles et me laissais atteindre au cœur de mon
être.

Le garçon de table de l'établissement nous
fit comprendre bien subtilement qu'il se faisait tard
et que les autres clients étaient partis depuis belle
lurette. On se quitta à la porte de ce petit café,
échangeant nos numéros de téléphone et promettant de se revoir très, très bientôt.

Très bientôt se traduisit par le surlendemain.
Emmanuel me téléphona au travail sous prétexte
qu'il voulait me remettre les quatre premiers chapi-
tres de son roman, afin d'avoir mon avis avant de
continuer. N'avais-je pas décroché la palme de la
meilleure télésérie de la saison? Emmanuel s'en
remettait donc à moi pour faire une évaluation
juste et précise de ses écrits. Je lui donnai rendez-
vous chez moi, pour le dîner.

Emmanuel se présenta avec plus d'une heu-
re de retard, et qui plus est, feignit de ne pas voir
ma contrariété. Je lui fis remarquer que je n'appré-
ciais guère son attitude. Cet écart de conduite mit
une ombre à la soirée que j'avais voulu réussie. Le
dîner, qui devait être sous le charme des chan-
delles, le fut à la lumière peu tamisée du lustre de
la salle à manger. Une fois le repas terminé, on s'at-
tela à la lecture et à la correction de son manuscrit.
Je n'avais jamais vraiment lu de polars, encore
moins du roman noir. J'avais beaucoup de difficulté
à me laisser prendre par cette histoire de meurtre

qui, dès ses premières pages, transporte le lecteur dans un monde ignoble, repoussant.

Une fois la première correction terminée, je mis de la musique douce et Emmanuel m'entraîna dans une longue danse lascive et provocante. Au bout d'un certain temps, il me prit par la main et me guida vers la chambre. Là, d'un geste sûr mais caressant, il enleva un à un mes vêtements, tout en embrassant chaque partie de mon corps qu'il dénudait. Une fois nue, il me posa doucement sur le lit, se départit de ses vêtements et alors commença la vraie danse de l'amour, cette danse où chacun y va de son pas pour l'ultime plaisir des deux partenaires. Emmanuel s'endormit peu après et je restai là, rêveuse, heureuse et sereine. Au petit matin, après avoir déposé un doux baiser sur mon front, Emmanuel prit congé.

Nos rencontres devinrent de plus en plus fréquentes. Nous nous retrouvions régulièrement dans cette pizzeria, loin des yeux de notre entourage qui ne comprenait pas pourquoi j'avais rompu avec Denis, homme de prestige, pour consacrer plus de temps à Emmanuel et à nos projets communs. Je me rends compte aujourd'hui que le seul point que nous partagions était ce livre qui, lui, avançait bien.

Une fois le roman bien étoffé et poli, Emmanuel le présenta à son éditeur. Celui-ci lui téléphona quelques semaines plus tard pour lui annoncer qu'il publierait le manuscrit et, qu'à son avis, le livre ferait un malheur.

L'éditeur n'eut pas tort. Le livre devint vite un best-seller et fut traduit en anglais. Un grand secret unissait maintenant Emmanuel à mon destin. Personne ne savait que, devant son incapacité de continuer à écrire, j'avais pris la relève et, pendant de longs mois, m'étais acharnée à terminer le roman. J'étais devenue son nègre. Je l'avais fait parce qu'Emmanuel avait accepté que je sois co-auteure. Innocente et aveuglée par l'amour que je portais à cet homme, je le laissai prendre toutes les dispositions administratives en vue de la publication. Quelle ne fut pas ma surprise de voir, une fois le livre imprimé, le nom d'Emmanuel Saint-Onge en gros plan, et à l'intérieur, un tout petit mot de remerciement à Mademoiselle Roxanne Gentile pour son appui inconditionnel et ses commentaires indispensables à la réussite de ce petit chef-d'œuvre. Ma colère fut grande. Mais j'aimais Emmanuel et, comme on le sait, l'amour est aveugle. Je passai donc l'éponge. Cependant, je portais en moi la cicatrice d'une blessure profonde. Emmanuel avait profité de moi, m'avait utilisée et je me sentais trahie.

À partir de ce moment, notre relation se détériora. Emmanuel devenait distant, se déplaçant de plus en plus fréquemment pour son théâtre, pour des conférences, et pour bien d'autres raisons. C'est au retour d'un de ces voyages qu'il m'annonça tout de go qu'il prenait un congé définitif de moi, qu'il était amoureux d'une autre femme et qu'il allait vivre avec elle, lui qui avait toujours refusé de partager le même toit que moi. Connaissant Emmanuel, je savais que je ne pouvais rien dire ou faire pour le convaincre de rester. Je le laissai donc partir, les larmes aux yeux, le cœur battant, en me disant qu'un jour j'aurais ma revanche.

Plusieurs mois passèrent sans aucun mot de lui. Je n'avais pas cherché à le rejoindre, confiante qu'un jour ou l'autre, il communiquerait avec moi. Son appel téléphonique ne me surprit guère.

— J'aimerais te voir, me dit-il, je voudrais t'expliquer. On s'est quitté sans vraiment faire le bilan de notre relation. Il le faudrait pourtant. On pourrait se donner rendez-vous à notre endroit habituel. Accepte, je t'en prie.

J'acceptai et voilà pourquoi je me retrouve ce soir assise sur ce banc capitonné à attendre Emmanuel.

Un toussotement me ramène à la réalité. Emmanuel est debout, il me regarde fixement. Il s'assied devant moi et étend la main pour prendre la mienne.

— Écoute. Je n'ai pas d'excuse à te donner. Ce qui est arrivé est arrivé. J'ai fait une erreur de jugement en te quittant et je voudrais faire la paix

avec toi. Je t'ai toujours aimée et peut-être pour-
rions-nous...

— Nous revoir? Refaire ensemble un bout
de chemin? Emmanuel, penses-y. Que nous reste-
t-il? On devra recommencer au point de départ, se
fabriquer des projets et...

— Justement, à propos de projets, je voudrais aussi te parler de ceci. Emmanuel sort de
son sac une vingtaine de feuilles portant sa griffe.
Tout fier de sa nouvelle progéniture, il la dépose
avec révérence sur la table, ayant soin de balayer
toute miette de nourriture qui pourrait être offen-
sante à son trésor.

— J'ai couché sur papier une nouvelle idée
pour un polar. Si tu veux, cette fois, on le termi-
nera ensemble et nous serons, à parts égales,
auteurs de ce roman.

— Chat échaudé craint l'eau froide, ne
savais-tu pas?

Mon ton de voix est des plus railleurs.

— Avant de dire non, lis le texte. Si tu
refuses, j'accepterai sans mot dire ta décision.

Emmanuel pousse alors le document vers
moi. Une fois de plus, je sais que je ne peux me
soustraire à ce travail de lecture.

Tard dans la nuit, j'entrepris de lire le
résumé :

La victime de mon prochain écrit serait
d'une beauté saisissante. Aucun homme ne

pourrait résister à son envoûtement. Celui
qui se laisserait ensorceler se verrait réduit
à l'état de larve par cette jettatura. La soie
noire de sa longue crinière envelopperait le
visage angélique de cette «gynécrate».
Comme un moucheron pris dans la toile de
l'épeire, le malheureux qui glisserait ses
doigts sur cette chevelure serait pris et condamné à perdre son âme et à se faire dévorer
par cette araignée. La sculpture volup-
tueuse de son corps élancé capterait le
regard admiratif des assoiffés de beauté et la
désinvolture de sa démarche ferait naître en
eux une cadence harmonique. Mais, malheur à celui qui jetterait le pied pour exé-
cuter la danse sacrée avec cette bayadère.
Elle serait sans pitié et le ferait tourner,
tourner à en perdre le souffle, jusqu'à ce
que, véritable pantin, il échoue sur le sol,
tout sens de l'orientation perdu à jamais.
Sa voix mélodieuse et l'éloquence de ses paroles seraient aussi mortelles que le dard du
scorpion et atteindraient insidieusement les
organes vitaux de l'innocent qui se laisserait conter fleurette.

Cette démone rencontrerait cependant
son homologue mâle. Et quel mâle! Après
avoir amadoué sa belle princesse, il lui ferait connaître les extases de l'orgasme.

Elle jouirait comme jamais une femme ne pourrait le faire, et elle deviendrait follement éprise de cet amant. Mais cette déesse devenue femme serait prise de panique à cause de ce sentiment jamais auparavant éprouvé. Elle voudrait briser les liens qui lui font perdre tout contrôle sur elle-même et essaierait d'échapper à la relation. Pour conserver cette emprise sur elle, cet homme, l'aimant plus que lui-même, n'aurait d'autre choix que de la sacrifier.

Le meurtre serait brutal et son corps atrocement mutilé. Pour la tuer, l'homme s'approcherait doucement, sans bruit, derrière sa victime et l'empoignerait brusquement en mettant son bras autour de sa gorge. Il l'étoufferait jusqu'à ce qu'elle tombe dans l'inconscience. Là, l'homme desserrerait son étreinte et transporterait sa proie dans les bas-fonds de sa résidence. Le vrai massacre ne ferait que commencer.

Le victimaire étendrait l'agneau sur la surface plane préparée à recevoir le dernier souffle de l'offrande. Il lui fixerait pieds et mains aux quatre coins de la table et, après l'avoir contemplé, après l'avoir caressé tout son soûl, il jouirait en elle pour la dernière fois, dans une explosion sans pareille.

Prenant alors de ses deux mains l'instrument d'offrande, un eustache bien effilé, il accomplirait le taurobole en coupant la gorge de l'immolée. Il regarderait d'un air attristé la vie s'enfuir de ce corps et suivrait le rythme saccadé de sa respiration jusqu'à ce que la mort ait fait son œuvre.

Un soir à la brunante, le meurtrier suivrait en catimini le chemin de terre le plus retiré du parc de la Gatineau et, sous un arbre colossal, dans les broussailles denses, coucherait le cadavre mutilé de sa bien-aimée, symbolisant ainsi le retour à la mère nourricière.

Roxanne déposa le manuscrit sur sa table de chevet. Le style d'écriture d'Emmanuel lui plaisait, l'histoire avait beaucoup de potentiel. Il n'y avait qu'une seule réserve : ce qu'Emmanuel croyait être du polar étant en réalité du fantastique. Malgré son peu d'expérience dans le domaine, Roxanne en savait assez long pour pouvoir y apporter les corrections nécessaires. Il suffirait d'inverser les rôles, l'homme devenant la victime et la femme, le victimaire... La décision de collaborer à ce roman ne fut donc pas difficile à prendre.

MACABRE DÉCOUVERTE
DANS LE PARC DE LA GATINEAU

Jasmin Dupéré
Presse Canadienne

Un couple se promenant dans un sentier rarement fréquenté du parc de la Gatineau a fait hier, vers 16 h 45, la macabre découverte d'un corps affreusement mutilé et putréfié. Le thorax aurait été ouvert et le cœur arraché. La victime, un homme dans la trentaine, mesurant environ un mètre quatre-vingts, n'avait sur lui aucune pièce d'identité. Selon les premières constatations, la mort de l'individu remonterait à six mois environ. Toute personne ayant des renseignements concernant ce meurtre est priée de communiquer avec le sergent-détective Mathieu Sirros, au numéro 773-4926.

Roxanne replia soigneusement le journal, se leva, se dirigea vers la bibliothèque et prit dans ses mains son tout premier roman, un vrai polar, le huma, le caressa et déposa un tendre baiser sur sa couverture. On pouvait y lire le titre «Jettatura» et, en gros plan, le nom de l'auteure, Roxanne Gentile. À l'intérieur, un tout petit mot de remerciement à

Emmanuel Saint-Onge pour son appui inconditionnel et ses commentaires indispensables à la
réussite de ce petit chef-d'œuvre. Le lancement du
livre avait lieu le lendemain, mais Emmanuel n'y
serait pas. Dans sa mort, il emporterait avec lui le
secret qui les unissait l'un à l'autre.

Roxanne eut une pensée pour Sébastien, le
remplaçant d'Emmanuel et l'inspirateur de son
prochain polar. Alors retentit un rire sarcastique
de triomphe.

LES TROIS MARCHES

Gilles-Éric Séralini

BŒUF-CAROTTES, cela te va, petit?
Oscar répond souvent d'un soupir
aéré de patience, son museau sur ma
maigreur de jambe, pardonnant plus qu'à sa maîtresse mes lenteurs. (Brigitte, elle, furète ici, tandis
que j'ai la gueule d'une limace à roulottes parmi ces
meubles trop espacés pour l'évolution de mon
irremplaçable fauteuil). Oscar happe les boulettes
avec gloutonnerie, et je caresse son arrière-train,
sans savoir si je vais parvenir à aller dire bonjour.
Pourtant, il faudra bien que je l'aborde, et de face,
l'atroce de cette situation torturante à l'odeur de fer
rouge, qui me rend criminel en puissance.

— Allez, pousse, mon boxer...

Oscar, évidemment, connaît bien Martine
et, pour saluer l'inconnu, se dirige vers le bas des

jambes de son élu de la quinzaine, Sébastien, puis remonte sa truffe jusqu'au sexe.

Ah! Jamais je ne pourrai agir comme si je ne savais rien, jamais, Pierre! Et mes incisives supérieures entaillent un peu plus mes gencives du bas. Je ne veux pas desserrer la mâchoire... Comment garder encore une heure ou deux le silence? Ils ont osé écrire cette lettre à Brigitte, qui ne m'a rien dit, ô mon ciel! qui ne m'a rien dit. Je vais la perdre, ma Brigitte, je le sens, à cause de ces démons... Mais il ne faut pas qu'elle se doute que je l'ai lue, pas encore. Je ne peux rien leur cracher à la figure. JE VEUX SAVOIR CE QU'ILS PRÉPARENT! En avoir le cœur net! Ce soir. Pierre, ce soir, tu sauras. Si tout n'éclate pas pendant le repas... Allez, calme-toi, prends exemple sur l'endurance de ton chien...

— Il ne mord pas, bonsoir tout le monde!...

Le sourire aux commissures, Martine entre, se penche vers moi, la perverse, puis m'embrasse en me collant ses grosses (elles ont aussi l'air grasses) joues roses; Sébastien s'approche pour me tendre la main. Une tête de salopard, comme il se doit. Il donne une bouteille de vin à Brigitte.

— J'ai entendu parler de vous. Alors, pas trop humide, cet orage? (Comment décongestionner mon angoisse, ma colère? N'essaye plus l'humour Pierre, il sent si fort l'idiotie, ils vont te trouver bizarre...)

Oscar pousse toujours insoucieusement vers le salon où Brigitte a décoré, comme pour un premier amour — j'enrage — les petites assiettes d'olives meurtries de pique-escargots, de bouchées de fromage à la française, de salaisons et biscuits. J'en pousse deux sur la carpette en passant; officiellement, les roues de ma chaise en ont eu raison.

— Oh! Pierre!

— Laisse faire, Brigitte, voyons... Je vais tout ramasser, bêle Martine. C'est à cause de son état, rien ne pourra changer, tu sais bien...

— (Ah! Je l'exècre, cette fiente d'alligator aux seins relevés!) Avez-vous passé une bonne journée? (Oblige-toi, Pierre, à faire le beau avec ces inepties : il faut SAVOIR!).

— For-mi-da-ble! s'exclame Martine. Je m'encourageais, car j'allais revoir ma petite Brigitte. Après deux longues semaines... Sébastien m'a offert un petit ensemble chinois sur la Gauchetière... Tu verrais ça, chérie! Je l'ai accompagné à l'entraînement après, j'adore!

— Que pratiques-tu, cher Sébastien? ricane Brigitte.

— Football américain, haltérophilie.

J'aurais dû m'en douter, sa carrure s'y adapte tout à fait. Brigitte l'apprécie-t-elle? En tout cas, elle me trahit. Une haine de vieux chacal me lacère la gorge. Je n'en peux plus :

— Et ce type de sports... ça n'abrutit pas un peu? Je ne le dis pas pour vous, remarquez, Sébastien, mais d'ordinaire, ceux que l'on croit athlètes à la télévision sont des drogués avec un, allez va je vous l'accorde, deux petits pois entre les oreilles à la place du cerveau!

Il a eu la mine étonnée, cet épais pingouin. Pense-t-il qu'un handicapé doit avoir la langue flasque comme les jambes?

Brigitte se précipite :

— Un scotch? Je sais que Martine et Pierre en prennent...

— Volontiers, merci, mugit tout de suite Sébastien.

— Mais non, je n'en prends pas, Brigitte. Tu sais que je ne mélange pas les alcools. Je voudrais ensuite goûter ce vin à sept dollars et vingt-cinq sous, celui dont vous avez oublié l'étiquette de prix, les amoureux!

Ils devaient déjà me sentir rosse. Cela passerait sur le compte du handicap, je le sais, j'ai eu le temps de m'apprivoiser à l'idée, depuis mon accident. J'ai alors étiré mes lèvres pour sourire, je n'ai senti à la place qu'une cicatrice se déchirant avec lenteur.

— Brigitte dit que vous avez travaillé dans un garage?

Je maintenais une distance par le vouvoiement anodin à l'européenne. Je n'écoutais plus. Je fermai un instant les yeux. Griffés de sang à l'intérieur de mes paupières, comme des pierres, les mots de la lettre adressée à Brigitte se consumaient lentement, en allumettes de tourment dans mes prunelles. Pour la première fois que j'ouvrais son sac, il a fallu que j'y trouve cette horreur! D'ailleurs, il était trop haut perché et mon buste trop gourd à élever vers ce sac à main, à l'habitude. Pour la même raison, je ne touchais jamais à la boîte aux lettres. Depuis combien de temps duraient ces échanges vicieux? Il suffit quelquefois dans la vie d'oublier ses clés, d'avoir besoin de dénicher celles de son épouse, pour pogner l'angle d'un pot aux roses en plein sur le crâne. Il y a bientôt trois jours et deux nuits que cela m'est arrivé, deux sataniques nuits où je n'ai pas dormi. Entre les cigarettes, les rouges à lèvres, les clés et son foulard, cette enveloppe timbrée de Trois-Rivières où s'arrondissait l'écriture bête de Martine, dans le sac de Brigitte, a fait basculer ma confiance. Une feuille de cahier tout aussi ridicule à l'intérieur, souillée de fautes, et qui finissait par parler de moi :

Alors, que fais-tu encore avec lui? La pitié ne se bouffe pas en salade! Le mien, tu verras, il est nouveau, il est bien. C'est Sébastien, chérie. Quand ton innocent d'infirme dormira, je te montrerai. Il est

d'accord! Super, non? À la semaine pro-
chaine. Je t'aime. Martine.

La voix de chat à la queue coincée de cette
femelle de chancre me pollua soudainement les
tympans :

— Oh! Brigitte, un coq au vin? Tu es Amour!
Vous l'avez aidée, au moins, Pierre?

— Seulement à lire la recette. Je voulais vous
laisser cette possibilité comme l'autre fois...

Il faut que je tienne. Je veux voir ce qui va se
passer. Vont-ils attendre que je me couche? Je ferai
semblant. Que va-t-elle montrer à ma Brigitte, cette
pustule de femme? Je me tiraille le foie entre le
désir de l'écraser comme un ver blanc pendant le
repas, ou bien attendre de les surprendre lorsqu'ils
me croiront couché, cloué tel un Christ par mes
deux pitons de cuisses raides sur la croix de mon
matelas. Ma Brigitte... Je pensais tellement que ma
tendresse redoublée après mon accident com-
penserait l'impuissance que j'avais reçue en héritage de la voiture d'en face. Elle avait marié mes
reins à ma colonne vertébrale, la Chevrolet. Et
depuis, les tempêtes de neige n'avaient pas encore
fait tomber le bas de mon corps, mais ce n'était
pourtant qu'une feuille morte sur le tronc de ma
souffrance. Je ne pouvais plus faire l'amour, ni
marcher, que dans ma tête.

Martine pouffa, feignant de prendre ma répartie à la plaisanterie qu'elle n'était pas, et Brigitte me pinça les omoplates de vengeance en tirant mon chariot vers le séjour :

— C'est assez! intima-t-elle. Ne va pas encore me gâcher cette soirée avec des amis!

— Asseyez-vous, chantai-je donc de ma voix la plus sirupeuse.

Pour éviter de mettre en relief mon humeur horripilante, Brigitte casse sans cesse mes tentatives d'être le plus ignoble possible en tenant la parole haute sur la préparation du coq au vin. Cela prend le ton d'un enchantement pour les quatre-vingt-huit kilogrammes de muscles de Sébastien, qui doit avoir l'appétit stimulé par l'entraînement. Je saisis mieux les doses de farine qu'a employées Brigitte. Taisant la multiplication des quantités, elle explique le menu et sa fabrication jusqu'aux pommes à l'anglaise servies très chaudes avec la sauce et les ailerons de coq. Depuis quelques instants, Martine affiche le visage béat que je lui connais quand elle s'apprête à lancer ses mots d'humour qui l'emportent de rire bien avant tout le monde, ce qui l'amuse surtout elle-même. Nourrissant la quête soutenue d'Oscar par des lardons, elle a méthodiquement écarté ceux-ci du centre de l'assiette, à mon plus grand écœurement. Le vin est typiquement mauvais, un arrière-goût de médicament me déplaît. Sébastien, au contraire, ne lâche pas le va-et-vient de sa fourchette, et Brigitte le dévisage avidement. Elle me regarde. Pourquoi cette lueur d'affolement dans l'œil? Reprenant le discours, et remplissant les verres :

— Nous allons boire... à notre rencontre, Sébastien!

Elle me met la coupe presque à la bouche, mi-sourire, mi-agacée, d'une main que je ne sens plus suave comme avant. Elle ne doit pas vouloir que je joue le trouble-fête. Je me force donc à terminer cette piquette qui ne vaut même pas ses sept dollars. À la fin, Martine ne se retient plus et miaule :

— Pourquoi un coq, et pas une poule?

Le vin laisse même un dépôt étrange dans mon verre. Je vais en parler. Un terrible glousse-ment m'en empêche, ramène alors brusquement Martine et la conversation vers l'apparence du gallinacé qui la divertit avec autant d'ardeur. J'en profite pour accentuer tant que je peux le ridicule :

— Chère, ne sentez-vous pas la différence qu'apporte la chair mâle et forte? Le goût du ris-que et des cocoricos au petit jour?

Mon silence étranglé s'en trouve violé, j'ai jeté une douche de froideur sur la tablée, encore. Mais je me sens de plus en plus dans le coton. Est-ce le vin? La chaleur, le coq, ou la fatigue? Mon cerveau s'embue, s'embarque doucement sur un manège.

Je prends l'excuse de faire sortir Oscar sur la terrasse couverte pour cette nuit d'automne, car il faut que je ventile mes poumons, et vite. La mauvaise frénésie trop contenue doit donner l'ivresse. Je vois au passage que Brigitte a déjà installé un napperon, des verres sur une table basse, près du canapé semi-circulaire de sa chambre, dont je languis comme d'un paradis perdu chaque soir en prenant le couloir, comme au temps où nous couchions ensemble, où j'étais un homme, mais pour aboutir maintenant à la mienne. J'ai dû déménager à cause des trois maudites marches qui la placent en contrebas, cette chambre, et rendent l'accès impossible à mon fauteuil de paralysé. Martine et Sébastien comptent donc bien passer la soirée ici, les crapauds!

Oscar court s'allonger directement dans la niche, la digestion s'annonce pour lui aussi lourde et cauchemardesque. Un orage cache le ciel boutonneux d'étoiles sur Montréal. Je ne parviens plus à faire le point sur rien. Mes yeux s'obstruent, mon front est insupportable, la jalousie m'empêche de respirer, et l'amer de l'existence reflue dans ma bouche ainsi qu'une bile aigre épineuse à déglutir. Brigitte doit me tromper. Je n'arrive pas à le réaliser dans ma peau, et pourtant ce soupçon me hante les veines depuis longtemps. A-t-elle commencé avant mon accident? Que signifiait ce «Je t'aime» de la part de Martine? Et cette traînée,

que va-t-elle lui montrer de Sébastien? De pois-
seuses gouttes de sueur m'aveuglent. Je n'ai même
plus la force de relever ma nuque...

Allongé sur le dos, j'ouvre brusquement les
yeux. Ils ont dû me droguer, les babouins! Ils
m'ont eu! Où sont-ils? J'ai la conscience pesante
des nuits à somnifères dans ma chambre ordonnée.
La porte est bouchée, le haricot du pipi-au-lit
d'handicapé sur ma table de nuit. Tout est organisé
pour que je n'aie pas à bouger. Ma petite veilleuse
de réveil électronique indique deux heures trente,
il y a déjà six heures que j'ai dû m'endormir. J'ai
cru entendre un gémissement. Je crois même que
c'est lui qui m'a tiré de l'inconscience. Une triste
copie de Rembrandt occupe mon regard, où des
corps mêlés évoquent avec douleur mes craintes.
Brigitte... Ma Brigitte... Je voudrais hurler, hurler!
Où est-elle? Mon plafond étale son plâtre clair-
obscur dans lequel je viens d'habituer mes yeux,
après avoir joué machinalement avec la poire de la
lampe de chevet. Je veux éviter le bruit. Écouter.

Tout à coup, un nouveau coup sourd, suivi
d'un râle... Pas vraiment la folie, mais la peur me
chatouille au fond des draps où j'enfonce un peu
mon bassin lourd, mon estomac chargé, ma
bouche pâteuse. Je déploie mes oreilles comme un
éléphant pour mieux entendre. Rien. Le néant. Je
ferme ma vue pour concentrer mes sens comme
un maître de maison tirerait ses doubles rideaux,

afin d'augmenter ma perception auditive... À moins que Martine et Sébastien ne soient là que pour jouer aux cartes? Mais NON, Pierre tu oublies la lettre! Et puis NON, l'heure est trop avancée. Et puis NON, pourquoi t'auraient-ils drogué alors? Ces chiens!... Une voix plus aiguë, pourtant, et des pas. La hantise nocturne tombe, j'ai cru reconnaître la présence de Brigitte manœuvrant les robinets de la salle d'eau. Une porte se ferme, s'ensuit un faible rai de lumière au seuil de ma chambre. Elle n'est pas couchée. Une autre s'ouvre, tout s'éteint. Encore un loquet, celui du paravent de la chambre d'amis. Ont-ils simplement couché ici à cause du mauvais temps? La LETTRE enfin, Pierre! La PREUVE! Et cette poudre au fond de ton verre, c'é-tait un somnifère! Silence. Le corps de Brigitte tombant fait soupirer le canapé. La chambre n'est qu'au bout du petit corridor. Mais... oui, le rire étouffé de Martine! Un râclement de gorge, que j'identifie aux manières de Sébastien, la scène se précise. Discutent-ils? La curiosité me cercle le front et assèche mes cordes vocales, la jalousie picore à nouveau mes joues. Sébastien vient de lancer un «han!» d'effort. Un nouveau gémisse-ment, et le doute se précise, me tord le ventre. En cet instant, Brigitte me trompe. Mais... je veux cul-tiver, niaisement, l'espoir d'une erreur! Il me faut vérifier, tabarnac de calice d'étole!

Où est Martine? Baigné de sueur par la fournaise d'un sommeil artificiel, je tourne la tête vers ma chaise : trop, beaucoup trop loin.

Impossible de me lever seul. Je ne sonnerai Brigitte pour rien au monde, il y a si longtemps que je veux savoir, voir la preuve en direct, si longtemps que mon infirmité me pèse aussi dans ce domaine. Le bord du lit approche, le bras tendu, je touche presque la moquette. La chaleur m'asphyxie, me garrotte. Les gouttes perlent déjà à mon front, tombent sur le sol. Il faut que j'y aille. Je n'entends plus rien. Immobile, bête fauve aux aguets, Pierre. Pas un bruit.

Si, des pas. Des pas anormaux, de pieds nus, rapides, et une chute à nouveau sur le cuir du sofa qui en expire encore longuement. Un petit cri de femme, que je ne reconnais pas. Je suis déjà à demi plongé dans le vide, un coude à terre, enfin sur le sol, le torse timide n'osant s'aventurer. Comment être silencieux? Une fois sur la moquette, de quelle manière ouvrir la porte qui bouchera mon exode de ver de terre? Ah! Grâce à la lueur de la veilleuse, je distingue le chevalet à droite de la porte. Il pourra m'aider à me soulever pour atteindre la serrure. Il me faut savoir! La hargne me déchiquette le ventre, m'étourdit de faiblesse, de relents d'ongles rognés jusqu'au sang, d'anxiété sans issue. Sans issue? Eheheh!... Mais j'y pense : dans le tiroir, à ma portée... Le pistolet! Le bébé Ruger P85, neuf millimètres, mais c'est sur neuf mètres que je voudrais lui entailler le corps! Dire que j'ai osé la vénérer, cette traîtresse de Brigitte! Elle va crever par ce semi-automatique qu'elle m'a offert pour soi-disant me protéger contre les drogués du dimanche qui hantent le quartier! Elle va crever! «Et n'importe qui pourrait t'agresser, mon chéri, lorsque je suis absente...»; voilà ce qu'elle chan-tait! Pour aller plus vite rejoindre ses amants, tandis que moi, son animal d'appartement, regar-dais Oscar, préparais la cuisine, le café... Au fond, n'est-ce pas de sa puante faute, cet accident? Ne m'avait-elle pas demandé de la rejoindre rapide-ment? Et je me suis fait coincer le bas du corps entre le siège et le volant! J'y ai perdu mes jambes et ma virilité! Tromper un infirme, infirme à cause d'elle! Haharahhh! J'y vais : les deux chargeurs sont prêts : quinze longs coups pour donner plus d'espace à ses yeux, qu'ils puissent se dandiner à l'air libre entre ses orbites! Le tout est de calfeu-trer mon déplacement. Que la vengeance est proche de l'amour! En moi, elle le martyrise. Imperceptiblement, j'ai glissé l'avant de mon corps sur la carpette râpeuse aux coudes. La tempéra-ture m'étrangle moins. Il ne reste que mes jambes mortes à descendre. Une idée de génie illumine la nuit de la chambre : l'oreiller amortira le choc! D'une réaction arrière violente de la taille, je jette mon bras en ressort, tout violacé de férocité, je pince le coin du coussin à moitié sorti du lit par ma bougeotte et, le serrant sur moi, le pose contre le mur. Le pousse encore. Il faudra viser pour que mes jambes tombent dessus. Pendant cet intervalle, je n'arrive pas à entendre quoi que ce soit, gêné par ma respiration difficile. Je me dépêche afin de pouvoir épier. J'avance les coudes, rampant comme un soldat sous les barbelés. Je tiens encore le Ruger avec la précision d'une circonstance grave; mes cuisses sont dans le vide, j'arrive à sortir un genou. Je ne sens pas ce bois mort qui pèse fort. Tout a cogné sur l'oreiller, un peu sur le tapis.

C'est la première fois que j'ai l'audace de me retrouver dans cette position. Je me calme, écrasant ma face, de façon à mieux laisser mes deux oreilles libres au ras du sol, prêtes à reconnaître le souffle de Brigitte. Ce ne sont que mes expirations saccadées qui gênent. On ne m'a pas soupçonné. Je me couche complètement sur le ventre, me tirant parallèlement au lit afin de me dégager du voisinage de l'imposante commode qui doit faire écran à l'audition. Rien ne me parvient. Ayant le réflexe de me tapir, cependant, je perçois un cognement répété, assourdi. Je crois qu'il vient du plancher. En cette minute, j'ai la certitude qu'après le petit couloir qui suit la porte de ma chambre, sous les trois marches séparant de la pièce fatidique, il y a des actes louches et Brigitte dort là. Enfin, plutôt, Brigitte vient d'y rentrer, après s'être servie de l'eau dans la salle de bains. Brigitte doit me tromper, là. Je n'en peux plus. Chaque parcelle de matière autour de moi me menace et m'anéantit, comme des doigts raides entrant avec l'air que je respire me boucheraient le gosier. Il faut éliminer ce mal. La brillance de la solution est inévitable tandis que je soupèse le neuf millimètres. Je poursuis ma marche «choisie» en fulminant, mais dans le noir mutisme d'un serrement de dents, la volonté de parvenir tailladant ma poitrine.

La marche est un tiraillement continu des bras, des épaules, l'une après l'autre lentement, je traîne mon reste énervant de viande avariée, ce bassin de chair à mutiler, à couper à la hache pour satisfaire mon besoin d'aller plus vite. La porte est là, contre ma figure, exposant sa paroi brune à mon nez, obstacle sombre à ma connaissance. Je prie pour la craquer d'un coup de poing, mais le silence, Pierre, le silence! Il faut savoir quelle est la situation de l'autre côté sans faire deviner sa présence. Ma présence inhabituellement mobile, ma carcasse que Brigitte est bien certaine de savoir dans le lit, ma présence ficelée d'infirmité à l'endroit où on la dépose, loin de son fauteuil roulant, présence gênante, docile... Présence vengeresse aujourd'hui, chasseresse, d'une bête maudite par le destin à l'image d'une moisissure, qui tremble pour se hisser jusqu'au loquet. Il faut ouvrir doucement. Là... presque, presque, nous y sommes. Je retombe d'exaspération. Je crois avoir cogné quelque chose contre la porte. Le prix de l'attente pèse sur mon impatience ainsi qu'une lame sur mon poignet. Le couloir vide et sombre va s'étendre devant moi.

Rien. Les halètements continuent, les onomatopées du plaisir bestial. Cette fois, je me suis allongé sans mal après avoir tenu la poignée, une main accrochée au dossier du chevalet, et l'avoir manipulée avec une délicatesse diabolique. Je l'ai entrebâillée, la lourde, et par bonheur, elle ne grince pas, mais semble fourrée de malice, feutrée comme la moquette à cet endroit; je la pousse complètement, et en tirant le cou aperçois le L de lumière qui encadre la porte coulissante du nid à serpents, en face, sous les trois maudites marches.

L'étoffe du tapis change de couleur, s'assombrit après ma chambre. Je tire toujours, sans sentir la brûlure encerclant mon cou et mes épaules, ces jambes de sauterelle, plates, hâlées et fétides telles un sac d'ordures. Rampant, c'est moi le serpent. La détestation de l'univers, je la ressens, je ne peux pas m'en sortir! Un fiel de sable et de poussière me colle les muqueuses tandis que je repense à la LETTRE! Cette chiure de Martine! Mais oui, mon Ruger, tu es près de moi. Ils m'ont drogué, ils vont le payer! Un débouché sur l'oxygène, vers l'existence, ce pistolet! Comment laisser vivre des profiteurs, les débaucheurs de Brigitte? Comment

ont-ils pu convaincre Brigitte que j'étais de trop?
Comment en sommes-nous arrivés là, ma Brigitte,
nous qui partagions la vie comme un bon pain?
Par une simple et stupide Chevrolet? Par les trois
membres du bas en moins, dont un qui ne peut
plus servir de manche à plaisir? Je sens l'âme de
l'enfer tout entière en moi, prête à piquer, sacrifier,
détruire la chair qu'il me semble deviner. Ils sont
trois, ils s'amusent avec ma confiance, ma diminution physique. Brigitte se satisfait de Sébastien qui
se partage sûrement entre elles. Je vais les soustraire de la surface de la terre, et d'abord la puru-
lente Martine; il le faut! Ils me trompent. S'envoient
aux anges. J'admets cette réalité, sans pouvoir y
croire vraiment et j'avance.

Mais non, Pierre, tu es idiot. Brigitte a prié
Martine et Sébastien de dormir ici, et ils batifolent
en amoureux. Peut-être même que Martine connaît ce type depuis peu, ne veut pas l'emmener
chez elle, et notre appartement lui sert de couverture. Brigitte rendrait bien ce service à son amie, sa
presque sœur, et elle doit dormir dans le séjour,
profondément; je progresse encore un peu. Alors,
ne l'ai-je pas entendue faire coulisser ce paravent à
peine ouvert, tout à l'heure, quand elle est sortie
de la salle de bains, juste à ma droite? Alors ne
l'ai-je pas lue, cette lettre? Ne me suis-je pas anor-
malement endormi? Je me stabilise, fais le point;
l'odeur tranquille d'une nuit d'après festin, d'après

coq au vin. Je récupère ce qui me reste d'esprit. Je respire près du Ruger P85.

Un «Martine...» lointain, rauque, bleui, une crampe ou cri de jouissance, a guillotiné mon dernier rêve. Il vient de Brigitte, ma femme. Elle est là, derrière. Je pose ma paume sur la première marche. Qu'ils sont faciles à franchir, ces petits escaliers de pacotille, allongé au sol, alors que dans mon système à roulettes...! Le coude, tout l'avant-bras, le deuxième avant-bras, la deuxième marche, la violence, la colère, la haine rouge à mes yeux, le silence, la nuit poisseuse et leurs charognes de plus en plus près... Je vais tuer. Le semi-automatique, je ne le sens plus, il est comme une extension de ma main, un doigt de feu et de mort pointé vers la paix de leur élimination. Le bassin suit, cogne, frotte sur les trois dénivellations sans que j'aie conscience de mes cuisses râpées, mais seulement de la lourdeur, du lest infini de ma moitié arrière de corps. Je pressens l'excitation sexuelle à quelques mètres par leurs souffles courts; j'avance. Mon évolution dans le couloir va se couronner d'aboutissement, les lampes filtrent juste devant, à quinze coudées de la fin. Je vais SAVOIR le secret de cette lettre!

Le ciel crache toujours l'orage dehors, et se trahit par les lèvres d'une fenêtre de leur pièce; je la devine à peine ouverte. Par cette nuit agitée, de l'autre côté des murs, je suis sûr que trois corps bougent à se faire baver d'amour. Oui, d'amour, et me donnent le sentiment de se chérir vraiment, eux qui ne s'unissaient que du regard au repas, face à mon visage terne. Je me repose sur leur porte et, avant de jeter l'œil dans la pièce, prends soin de m'allonger dans l'ombre, près du mur. J'écarquille le regard, maintenant. Épie encore et encore à serrure ouverte. Les mots de la lettre signifient-ils vraiment ce que je pense?

Ma paupière bat, gênée par les tronçons de corps que je soupçonne au repos, puis actifs, puis au repos, dans les gémissements et les chuchotements de tendresse entre les femmes distinguées maintenant. L'éclairage s'habitue à ma vue, enfin le contraire, je ne sais plus où j'en suis. Je regarde, longuement. Le monde n'existe qu'à travers cette serrure. Puis je me cache, immobile, apeuré tout à coup d'avoir été trahi par ma respiration. La rage fleurit en mon cœur, et le sang égorge mes organes d'acharnement contenu. Je désire comme je me souviens jadis d'avoir désiré au cours d'une érection, et cette ébullition des sens m'était restée longtemps oubliée. Mais je souhaite là leur extermination, c'est-à-dire leur immobilité, leur froideur. L'arme se caresse à ma main, obéissante.

Et ils remuent doucement les têtes, les épaules, les poitrines, les hanches, les fesses, les cuisses si alertes, leurs jambes normales de marcheurs. Ils sont nus, verts de plaisir à s'entrelacer en cadence. Je discerne. Mieux encore. Je déplace mes pupilles sur la peau entière de Sébastien, le plus proche de moi. Ils ne peuvent pas me voir.

Elles ne se regardent même pas, très occupées à se manger la bouche comme je n'ai jamais pu sentir Brigitte se donner à moi. Sébastien est un pont de muscles soudé par deux extrémités à leurs ventres. Elles se partagent les mains sur les seins et pubis, et Brigitte a la tête courbée de plaisir sur une femme, les paupières closes en une grande douceur que je ne n'avais connue que dans mon imaginaire. Les cheveux et la grosse tête de Martine en furie gênent mon champ partiel de vision, des jambes écartées la coinçant sur le canapé.

Sébastien pointe droit ce que je ne pourrai plus jamais tendre, et elles s'embrassent de part et d'autre de son étendard rouge. Je vais rendre; je sens mes larmes monter comme un linceul sur la douceur de ce que m'était Brigitte, à jamais perdue. Je viens de finir une partie de ma vie, il faudrait l'achever toute. Le soleil s'est brisé entre mes côtes, et avec ses éclats doit mourir la cause de mon supplice. Je vais tuer, simplement, ces bestiaux puis moi-même. Le groupe a pivoté, Brigitte est assise sur lui je crois, il a des contractions musculeuses périodiques. De son corps d'athlète énorme je me persuade qu'il viole ma femme, je veux lui faire exploser les entrailles,

mais Martine, dans sa chair enflée, mâle et bour-
souflée, aime mon épouse de face. Un râle, elle va
se sentir mal, cracher, elle se redresse... Mais non,
à moi Satan!... Brigitte jouit!

Un déchirement me transperce la voix et
j'écarte alors le battant qui fermait leur pièce en
suffoquant; m'allonge, frustré de ne parvenir à me
redresser comme je voudrais, le visage blême
tourné vers le plafond qui, dans un hoquet, me
rappelle celui de ma chambre. Au fond, mon infirmité n'est-elle pas la cause de toute cette horreur,
ma faute à moi à éliminer? Un cauchemar, j'ai
rêvé! Mais NON! Un vrai cauchemar réel, car les
trois êtres sont debout, surpris, tournés vers ma
face, me présentant leurs ventres humides de moi-
teur humaine. Martine se griffe déjà les tempes en
pleurant. Ils ont vu le Ruger et ses deux chargeurs
que je débusque de mon dos. Brigitte est inter-
loquée par ma démence. En un éclair, mes sens se
sont endoloris dans la névrose, même si j'avais
déjà eu la présomption que Brigitte assouvissait
ses instincts avec d'autres hommes. Ainsi, à trois,
avec un sexe femelle, cela poignarde une sérénité
bête forgée dans ma lucidité d'homme impotent,
résigné. Dans la lettre, tout le vice était VRAI.

Le seul mot que je m'entends ânonner est
une question en forme de pourquoi... Son «arrête!»,
à mordre son visage. Et mes yeux exorbités de

fureur la font changer de ton. Tout devient saccadé, artificiel. Je pointe mon arme, tout doit se
terminer.

... Qui vais-je TUER?...

Le coup a explosé, éclaté de force la chair
tendre de sa cible. Le mal est réparé, et je peux
enfin sentir les lèvres chaudes du canon sur ma
tempe.

INTERVENTION GERMINALE

Marie-Kristine Galipeau

ASSISE au coin de la table, tasse de café tiède dans une main et cigarette dans l'autre, Annie avait les yeux hagards. D'un geste saccadé, elle essuya les larmes qui coulaient maintenant à grands flots et passa son avant-bras sous son nez afin de l'essuyer. Peine perdue. Encore et encore, jaillissait de ses yeux le liquide salé et le nez gouttait inlassablement.

— C'est impossible. Non, je ne peux y croire, dit-elle d'une voix atone et tremblante.

Elle se revoyait, quelques heures auparavant, devant le pharmacien qui lui annonçait que le test de grossesse était bel et bien positif. Sans le remercier, elle avait fui, tel un enfant pris en flagrant délit, emportant avec elle le désespoir de cette nouvelle. Comme dans un songe, elle se rendit au petit parc peuplé de saules pleureurs, et là, assise sous un arbre, elle hurla à la terre entière sa douleur. Qu'allait-elle devenir? Qu'adviendrait-il de cet enfant?

L'homme avec qui elle partageait sa vie depuis près de quatre ans ne voulait plus d'une nouvelle paternité. La progéniture de son premier mariage raté l'exaspérait et, seule sa carrière médicale l'intéressait. Le désir profond d'Annie de partager avec cet homme les joies d'une maternité bien à eux, avait été la cause de nombreuses disputes. Aurait-elle alors à choisir entre l'homme et l'enfant?

Annie connaissait très bien, pour l'avoir vécu auparavant, le déchirement qu'engendre une telle décision. La situation d'alors était pourtant très différente. Le père l'avait quittée. Âgée de vingt-trois ans, encore étudiante à l'université, sans emploi, elle avait maintes fois imaginé le scénario d'être seule pour assumer la responsabilité d'un autre être humain. Serait-elle à la hauteur? Pourrait-elle jouer le double rôle de père et de mère? Pouvait-elle espérer qu'un autre homme accepte le bambin? Nombreuses étaient les questions qui lui martelaient le crâne et le cœur. Dans un moment de désespoir, elle avait pris la décision de faire connaître sa situation à son ex-amant en espérant qu'il lui reviendrait. Elle s'était vite ravisée, comprenant le ridicule de cette impulsion. Il lui serait peut-être revenu, mais à quel prix? Résignée, après un horrible mois de délibération, Annie s'était pris un rendez-vous dans une clinique d'avortement de Toronto. C'était *sa* solution finale.

Une semaine plus tard, Annie faisait, seule, son entrée dans cette maison froide et sans âme. La salle d'attente, peinte en mauve, lui rappela la chasuble que revêtait le prêtre lors des cérémonies liturgiques du carême, célébration qui était synonyme de la mort du Christ pour expier les péchés des humains. Au plafond pendaient deux ampoules aveuglantes. Elles éclairaient la pièce d'un air accusateur. Cette clarté sculptait les traits convulsés des occupantes des chaises métalliques. Aucun coin retiré n'échappait à cette luminosité envahissante. Annie se souvint d'avoir baptisé cette pièce «chambre des accusées». Autour d'elle, quelques femmes, certaines assez jeunes, d'autres un peu plus mûres, s'évitaient du regard. Elles avaient toutes leur histoire, leur drame, leur secret qu'elles venaient déposer au pied de la déchéance humaine.

À l'appel de son nom, Annie resta figée sur sa chaise. L'infirmière la pointa du doigt pour lui faire comprendre que c'était bien d'elle qu'il était question. «Une de plus, direction l'abattoir», pensa-t-elle. Tel un pantin dont les ficelles sont manipulées par un grand manitou invisible, elle entra dans la salle d'examen que lui avait indiquée la femme en blanc. Sans s'asseoir, tremblante, et en sueur, Annie regarda la table sur laquelle elle allait bientôt prendre place. Couchée, elle avait conçu, couchée elle allait maintenant avorter. Un acte d'amour qui se terminait par un geste de dépouillement. Voilà l'horreur de cette chambre, toute de gris peinte.

L'entrée du médecin la fit frissonner. Il prit des feuillets agrafés dans un tiroir mal fignolé, et se mit à lui poser des questions. Déjà une barrière s'élevait entre elle et lui. Le vocabulaire de la langue française de ce médecin se limitait à «bonjour» et celui d'Annie pour la langue anglaise à «hello». Un sourire d'exaspération remplit la chambre de la mort.

D'un signe, elle lui fit comprendre que la signature du document était sans problème. Ses nombreuses lectures sur l'acte d'avortement lui avaient appris qu'elle devait renoncer à toute procédure contre la clinique en cas de complications. Elle se saisit des feuillets et les signa. Pour Annie, c'était un pacte avec le diable. «Je me tais, tu te tais, on n'en parle plus». Le médecin lui mima alors les gestes l'invitant à se déshabiller et à s'étendre sur la table. Il n'y avait pas d'endroit pour accomplir en toute intimité ce rituel pourtant dérisoire puisque, dans quelques minutes, elle étalerait au grand jour une anatomie qui ressemblait à tant d'autres.

Une fois couchée, Annie vit à sa gauche une machine munie de tubes dont l'un se terminait par une ventouse. Le médecin la fit vrombir et prit place entre ses jambes prisonnières écartées au maximum.

À partir de cet instant, Annie se déposséda de son corps. Elle se vit sortir de son enveloppe charnelle et planer au-dessus de la chambre. Le spectacle la fit rire de rage et de dépit contre l'homme qui s'affairait à la charcuter au moyen de cet instrument froid. L'humiliation de devoir s'en remettre une fois de plus à un homme l'irrita.

Une douleur aiguë la ramena à cette loque qu'était son corps. Un long cri s'échappa de ses lèvres accompagné d'un juron colérique. Annie maudissait l'homme, les hommes, de toutes les forces qui lui restaient. Le bruit effarant de la machine de mort n'étouffa point ses hurlements. On lui arrachait le cœur. On lui extirpait son âme.

Cet avortement, Annie l'avait délibérément choisi et voulu, mais elle trouvait injuste qu'elle seule doive subir cette dégradation et que l'homme qui avait procréé avec elle n'ait rien à subir. La douleur se fit plus intense, plus déchirante et elle sentit jaillir hors d'elle un liquide chaud et poisseux.

Le médecin éteignit la machine mangeuse de fœtus, enleva puis jeta ses gants caoutchoutés, lui marmotta quelque chose d'incompréhensible et sortit de la chambre.

Quelques instants plus tard, l'infirmière entra, la fit lever, lui remit ses vêtements et s'éclipsa. Transie, frissonnante, Annie s'habilla maladroitement. La douleur qui lui tenaillait le bas du ventre était intolérable. À peine eut-elle terminé qu'une autre infirmière vint la chercher pour la conduire à la «chambre des douleurs». Pliée en deux, tordue par un lancinement constant, Annie la suivit. Le blanc des murs contrastait horriblement avec le rouge écarlate des couvertures qui recouvraient les cinq lits. Rouge d'horreur, de sang écoulé, de cœurs meurtris et de corps déchirés. Rouge de la malédiction d'être née femme.

Cachemire, le chat un peu fêlé d'Annie, la ramena au moment présent. Il venait de sauter sur la table et léchait allègrement les joues de sa maîtresse, salées par les pleurs. Elle le repoussa et leva les yeux vers la pendule accrochée au mur.

— Merde, Fabrice qui arrive avec les enfants dans quelques minutes, gémit-elle alors. Je ne veux surtout pas qu'ils me voient dans cet état.

L'entrée avec fracas de la marmaille et du mari ne tarda pas. Encore sous la douche, endroit parfait pour effacer toutes les traces de détresse, Annie fit semblant de ne pas les entendre. D'un geste rude, Fabrice tira le rideau de douche.

— Que fais-tu ici? Tu es malade ou quoi?

— Juste un petit malaise de rien du tout auquel une douche tiède a remédié, lui répondit-elle.

— Lésine pas trop, j'ai faim et les enfants aussi. On pourra manger à une heure raisonnable pour une fois si, bien entendu, tu te grouilles.

— Ça va, ça va, je sors.

Annie entendait les enfants, Maxime et Myriam, se bousculer dans la salle familiale du rez-de-chaussée. Un cri strident retentit. Fabrice, dont la patience n'était pas la première des vertus, les semonçait.

— Arrêtez de crier, lança-t-il d'un ton bourru, sinon je vous envoie tous les deux dans votre chambre et au diable le repas.

L'ironie de cet incident la fit sourire. Crier pour faire cesser les cris. Si un troisième marmot venait rajouter cris et pleurs dans cette maison où seules la musique classique et les émissions éducatives de télé étaient permises, que se passerait-il?

Après le départ de Fabrice pour l'hôpital, une parturiente prématurée le réclamant, et une fois les enfants au lit, Annie s'entoura de noirceur et se glissa sur le divan. Elle devait réfléchir et au plus vite. Fabrice, gynécologue, ne tarderait pas à remarquer les changements qui s'opéraient sur son corps. Certes, aucune nausée ne trahirait son secret, elle n'en avait pas. Mais ses seins devenaient plus lourds, plus ronds, et une infime ligne brune commençait déjà à se faire voir près de son bas-ventre. Et les règles...

— Il faut que je le lui dise. C'est mon mari et je ne peux le lui cacher. Il devra accepter, il n'aura pas le choix, c'est un médecin et...

Médecin ou pas, Annie sentait déjà quelle serait sa réaction. Il reporterait sur elle tout l'odieux de la situation. «T'aurais dû prendre la pilule, t'aurais dû utiliser la méthode du thermomètre, t'aurais dû...» Oui, Annie aurait dû, mais elle ne l'avait pas fait. Était-ce de l'inconscience? Peut-être. Elle savait que Fabrice ne voulait plus d'enfants. Il le lui avait répété à maintes reprises.

Lasse et épuisée par ses réflexions, Annie s'endormit, laissant place au cauchemar.

Fabrice était rentré de mauvaise humeur.
— Fais-moi un café, je suis éreinté.
C'était toujours ainsi. Fabrice, roi et maître, au service de qui tout un chacun devait être.
— Ça va, j'y vais, j'y vais... lui dit-elle en se levant.

Fabrice la suivit jusqu'à la cuisine. Assis au coin de la table, il la scruta.

— Tiens, ma femme décide de prendre du poids. T'aurais besoin d'un bon régime. Moi, les grosses...

— J'ai pris quelques kilos, ce n'est vraiment pas la fin du monde, répliqua-t-elle.

— Faut dire que tes seins aussi se sont mis de la partie. Mon terrain de jeu devient un peu plus affriolant. Plus besoin de me fermer les yeux et fantasmer que ma femme a de beaux tétons. Pour le reste, je n'admettrai pas que tu t'empâtes, t'entends?

D'un geste brusque, Fabrice l'empoigna par les seins et les tritura tout en riant.

— Arrête Fabrice... j'aime pas ça...

— Moi, j'aime et tu es ma femme. Mais dis donc, ils sont durs tes deux jumeaux. Comme ceux de mon ex lorsque je l'ai engrossée.

Annie ne put répondre. Une main invisible posée sur sa bouche l'empêchait d'émettre un seul son.

— Il vient ce café?

Comme toujours, Fabrice s'impatientait. En vitesse, Annie lui servit son café puis le regarda s'avachir devant le petit écran. Demain, je parle à Fabrice. Il devra prendre ses responsabilités, décida-t-elle.

Le lendemain matin, Annie téléphona à son mari qui était de garde à l'hôpital.

— Tu es libre pour le lunch? lui demanda-t-elle.

— T'es folle ou quoi! Je suis pieds et mains liés à ce maudit hôpital pour la journée entière.

— Écoute Fabrice, je dois te parler. C'est important et c'est aujourd'hui que ça doit se faire, dit-t-elle avec insistance.

— T'as pas d'ordre à me donner, ma belle. On se verra quand on se verra.

Fabrice raccrocha le récepteur.

«Cette fois, Fabrice, tu n'y échapperas pas. Je t'attendrai jusqu'au petit matin s'il le faut», se murmura-t-elle.

Annie avait déjà passé tout le scénario dans son esprit. Fabrice ne voulait plus d'enfants, alors il devrait détruire lui-même sa progéniture. Il lui avait déjà dit qu'un avortement, c'était aussi facile que de se faire arracher une dent. Elle voulait qu'il sache réellement ce que c'était. Elle ressentait une honte indicible face à cet acte, et cette honte, Fabrice devait la partager avec elle.

— Que fais-tu debout à cette heure? s'enquit Fabrice.

— Je t'attendais. J'ai à te parler et tu vas m'écouter.

— Bordel, il est une heure du matin. Fous-moi la paix avec...

— Non, pas cette fois-ci.

Annie se leva et s'avança vers lui. La détermination se lisait sur son visage et Fabrice eut un moment d'hésitation.

— Assieds-toi et écoute-moi bien.

Annie se mit alors à débobiner toute son histoire, ne laissant place à aucune réplique de la part de son époux. Elle sentait sa colère mais resta impassible.

— ...Et tu m'avorteras, si tu ne veux pas de cet enfant.

— Merde, tu es complètement cinglée. Non... c'est obscène. Tu es folle si tu crois que je ferai une telle chose à mon...

Fabrice s'arrêta. Son regard venimeux foudroya Annie, mais elle ne broncha pas.

— O.K.! tu gagnes. Je t'avorterai, persifla-t-il.

— Quand? Je veux que tu le fasses au plus vite...

— Vendredi prochain, je peux me libérer.

Il se rendit dans la chambre d'amis, y passa la nuit. Pour sa part, clouée sur place, Annie resta au salon.

Ce vendredi fatidique, dès neuf heures, Annie faisait son entrée dans le cabinet de son mari. Magella, sa copine et confidente, l'accompagnait.

Annie ne voulait plus revivre seule un calvaire déjà connu. Fabrice, vêtu de son sarrau couleur albâtre, l'attendait de pied ferme. Sans un mot, il lui indiqua la table. D'un geste saccadé et brutal, Annie se départit de ses vêtements et prit place à l'endroit indiqué. Cette fois, pas un seul son, pas une seule plainte ne traversa son larynx. Elle suivit des yeux les gestes de son charcuteur, espérant voir apparaître un sourcillement, une grimace, un quelconque haut-le-cœur. Rien ne transpira de Fabrice. Il demeura froid, distant et... professionnel. Annie se jura qu'elle trouverait bien un moyen de se venger qui serait à la hauteur de ce boucher sans cœur. Elle lui ferait un jour ou l'autre avaler des couleuvres. Promis.

Magella ramena Annie à la maison, s'assura de son confort et la quitta en lui promettant de venir la voir le lendemain matin. Annie s'enlisa dans le lit conjugal. La douleur physique qui la tenaillait n'était rien en comparaison de son état psychologique. Que vienne la mort et sa délivrance, gémit-elle à plusieurs reprises.

Afin de faire taire les douleurs crucifiantes, elle prit deux des comprimés prescrits par Fabrice, et plongea dans un sommeil très agité.

Réveillée par des crampes abdominales atroces, Annie voulut se rendre à la salle de bains, mais glissa sur le parquet. En proie à une violente hémorragie, elle n'avait plus la force, ni le désir de se relever. Consciente de ce qui se produisait, elle sourit. Son corps lui offrait sur un plateau d'argent la vengeance tant désirée.

Sa mort provoquerait un scandale. Fabrice serait poursuivi pour homicide involontaire et serait radié de l'ordre des médecins. Il porterait, le reste de ses jours, l'odieux de son acte. Que pouvait-elle espérer de plus, elle qui n'avait plus le goût de vivre, qui était lasse, lasse...

Le sang qui coulait hors d'elle, au rythme des battements de son cœur mortellement meurtri, emportant avec lui sa vie, était désormais sa revanche.

Annie se recroquevilla sur elle-même et se laissa lentement tomber dans les brumes salvatrices.

LA RECETTE DE CHARLOTTE

Michèle La Roche

L'HOMME respirait par saccades en cherchant son souffle entre deux rasades d'eau. Une eau saumâtre qu'il siphonnait malgré lui et recrachait aussitôt, écœuré. Le pauvre bougre gesticulait avec la force du désespoir, ses bras comme des serpentins en cavale, ses jambes emportées dans un ballet erratique. Pareil à un pantin disloqué. Plus il flagellait l'eau du marais, plus il s'enfonçait.

Une dame vêtue d'une étrange robe incandescente l'observait de sa vigie de fortune. Debout dans une barque minuscule qui paraissait titanesque dans le paysage nocturne, elle le lorgnait, tel un vautour, d'un œil altéré. Jamais auparavant, une femme n'avait posé sur lui un tel regard.

Mais il y avait plus menaçant encore que sa prunelle diabolique. Son rire. Un rire pervers qui balayait le ciel en séquestrant les étoiles. Narguant, hypnotisant, un rire qui martelait opiniâtrement les tympans de ses envols stridents.

Au début, l'homme avait ri de bonne grâce, croyant qu'ils s'amusaient de concert. Elle, de le voir pris au piège et lui, d'être temporairement à sa merci.

À force de se débattre dans l'eau trouble, l'homme avait commencé à perdre le contrôle de sa respiration. Son rire s'était mis à tambouriner frénétiquement dans un registre tellement aigu qu'il ne reconnaissait même plus les inflexions de sa propre voix. Haletant péniblement, la gorge en feu, il ne laissait plus échapper que de faibles murmures, secs et éraillés.

Aussi saugrenu que cela eût pu sembler, il allait mourir dans un marécage de deux mètres de profondeur, les narines comme des ouïes affolées, la tête au beau milieu d'une gerbe de nénuphars en fleurs!

Devant ce spectacle grotesque, l'étrangère n'avait pas cessé de le dévisager, sans ciller. Elle en bavait de plaisir. Plus il exhibait sa souffrance à bouche que veux-tu, plus elle le provoquait allègrement en déversant avec mépris ses rafales de rire. Pour seule réponse, le corps de l'homme s'arc-boutait comvulsivement comme une larve malmenée. La dame languissait, le grignotait petit à petit. Elle le happerait tout entier de son immense bouche béate dès qu'il atteindrait le seuil de l'étouf-fement. Ce serait pour bientôt, il en avait la sensa-tion glacée.

Conscient de l'inextricable fatalité, il persis-tait néammoins. En proie à la panique, il cherchait à se recroqueviller pour atténuer les crampes et avalait de grandes lampées de liquide. Parfois, il arrivait à flotter sur le dos pour reprendre son souffle. Ainsi espérait-il pouvoir regagner la rive.

Mais, comble d'infortune, l'horizon s'étio-lait derrière l'embarcation de la grande dame rou-ge, au fur et à mesure qu'il avançait. Toujours plus loin, au delà du point de fuite. Il nageait sans relâche, mais le rivage se dérobait chaque instant davantage.

Que lui voulait donc cette sorcière habillée de feu? L'homme l'exhortait à ne plus larguer son rire tentaculaire. Il n'en pouvait plus de l'entendre. Tout ce que vous voudrez pour qu'on me sauve de là, je vous en conjure, râlait-il, tout! Mais pas ça! Elle faisait la sourde oreille.

Les supplications de l'homme s'arrêtèrent net. Le marécage l'enroba de son eau poisseuse. Sa carcasse ramollie se balançait sans réticence, pres-que naufragée. Une simple question de temps avant qu'il ne s'enlise tout à fait. Quelques mèches de cheveux noirs flottaient encore parmi les nym-phéas, doucement ballottées par les ondes que l'esquif embrasé envoyait en quittant les lieux du crime.

Il entrevoyait la dame écarlate sous le voile translucide de la surface. En s'éloignant, elle le vrillait toujours violemment de son œil de plomb. Elle s'esclaffait de plus en plus fort. De cet homme médusé dans une flaque insondable. De cette épave en chute libre dans un marais d'eau douce. Elle riait et il se noyait.

Simon s'était réveillé en sursaut. Sa gorge était enflée. Il agonisait. L'air n'atteignait plus ses poumons.

Allongé sur l'édredon bleu, il avait dessiné des ombres folles sur le mur à défaut de pouvoir crier. Empreintes volatiles au bout de sa vie. La rumeur du crépuscule sourdait au travers de la nuit. Une musique apaisante. Il cessa de respirer avant de voir le jour, ses doigts inertes maculés de chocolat fondant.

Trois semaines plus tôt, Simon s'était retrouvé dans la salle de conférence d'un vieil immeuble, rue Albert. Il s'y était présenté au début de la matinée, surpris qu'on le convoque à cette entrevue. Enquête de routine sur Charlotte

Rompré, lui avait expliqué Monsieur Stewart. Cette histoire le contrariait. Il avait coupé les ponts avec Charlotte.

— Racontez-moi tout sur Charlotte Rompré, lui demande l'enquêteur Stewart.

Il se racla la gorge nerveusement et commença son laïus. Il appuyait maladroitement sur les mots pour conférer à ses propos une importance apparente. Il masquait d'un langage ampoulé ce qu'il craignait de dévoiler. Il se sentait traqué et mal assis sur sa petite chaise droite.

— Vous savez, Charlotte m'a déjà tout raconté, dit l'enquêteur avec complaisance.

Simon connaissait son audace. Elle avait sans doute détaillé en long et en large le récit de leur séparation. Un épisode qui pouvait servir sa cause. Envolées mélo et mine défaite suffisaient à embobiner n'importe qui. Tout un don pour la persuasion! Même lui, pendant un certain temps, s'était fait berner.

Simon avait mille idées en tête. Parler de cette femme qu'il avait connue intimement tenait de la pure indécence. Dans la foulée, assurément, il se verrait contraint d'étaler au grand jour la trivialité de sa liaison secrète, ses papillonnages à la dérobée et les mensonges obligés. Il n'était pas masochiste au point de vouloir se clouer lui-même au pilori!

Il est vrai que, les derniers temps, il avait ralenti ses ardeurs. Parce que Charlotte avait changé. Au début, leur histoire n'avait été qu'un simple jeu. Mais après quelques mois de fréquentation, sa jalousie avait dépassé les bornes du raisonnable.

Plus d'une fois, il avait cédé au chantage, exaspéré. Plus d'une fois, il lui avait promis la lune et tous les corps célestes pour la ramener sur terre et la calmer. À cause de ses chimères d'enfant gâtée, la passion s'était effritée peu à peu pour s'évanouir tout à fait en plein coït, un soir de février.

Quand il se décida enfin à rompre, le pire arriva, évidemment. Elle inonda son chantage de pleurs salés et de cris menaçants. L'ire et le désespoir de Charlotte l'avaient paralysé. Pas un remords, pas une larme, pas une once de compassion. Il était resté planté là, devant elle, pétrifié. Il se rendait bien compte de l'ignominie de son attitude, mais demeurait pantois. Pourquoi lui imposait-on maintenant de revivre cette épouvantable scène?

— Charlotte Rompré souhaite monter en grade au Ministère, souligna l'enquêteur. C'est une femme qui a de l'avenir, mais nous devons nous assurer qu'elle corresponde à tous nos critères de sécurité. Les commentaires de son entourage sont déterminants pour son dossier.

L'enquêteur interrompit son préambule afin de vérifier si son interlocuteur l'écoutait toujours. Simon donnait l'impression d'être attentif, mais il divaguait dans ses pensées.

Aujourd'hui, il ne désirait surtout plus se faire mener par le bout du sexe, il ne voulait plus être envoûté par sa peau onctueuse, il ne voulait plus être hypnotisé par l'exquise transparence bleutée de ses iris, il ne voulait plus plonger dans le vertige indescriptible de la chute de ses reins. Autant de pièges comme une litanie maléfique.

— Qu'est-ce qui vous a frappé chez elle?

Simon hésitait à répondre. Charlotte l'avait frappé de plein fouet. Un malaise tellurique à trembler de fièvre. Les balises volatilisées sur les sentiers égarés de la passion. Dans cette géographie du cœur tous azimuts, seule l'odeur fruitée du cou de Charlotte pouvait lui servir de guide.

— Charlotte est une femme joviale et dynamique. C'est ce qui frappe le plus à la première impression. Un minois sympathique, un sourire charmant, une élégance décontractée, un style moderne, un charisme saisissant...

Simon ne se gênait pas pour l'encenser de tous les qualificatifs de son vocabulaire comme s'il avait décrit une parade de mode.

— Je n'ai d'ailleurs jamais compris pourquoi elle s'est toujours contentée d'un emploi subalterne. Elle est intelligente, perspicace, travailleuse. Elle aurait pu gravir les échelons et entreprendre rapidement une carrière tellement plus enrichissante au sein du Ministère.

— Est-ce que Charlotte Rompré a beaucoup d'amis?

— Difficile à dire. Je connais peu sa vie
personnelle. On se voyait surtout le midi pour le
déjeuner, quelquefois en soirée.

Simon préférait passer sous silence les longues soirées d'angoisse à désamorcer les crises de
Charlotte. Les demi-vérités qu'il évoquait faisaient
d'elle un personnage plus grand que nature. Si
Charlotte n'obtenait pas sa fameuse cote de sécurité, on ne pourrait jamais lui reprocher d'avoir
nui à sa réputation professionnelle. Pour ça, il
avait la conscience tranquille. Pour le reste...

Ça va faire un mois demain qu'il m'a quittée.
Je l'ai entrevu encore ce matin. Mon cœur s'est
emballé comme un cheval fou. J'ai aiguisé mes
longs couteaux pour le transpercer du regard. Une
entaille, de loin, en travers du couloir. Maintenant
qu'il a rencontré l'enquêteur, la culpabilité va le
sucer jusqu'à la moelle. C'est exactement ce qu'il
me faut pour engourdir sa méfiance. Il imaginera
des retrouvailles amicales et sera dans d'excellentes
dispositions, mardi prochain, pour les agapes
intimes que je lui prépare.

Pendant un an, j'ai été captive de cet amour
en dents de scie.

Il ne se doutait pas à quel point son hypocrisie me blessait. Son idylle me nourrissait autant
qu'elle me lacérait. Un secret que j'ai contenu
péniblement pour moi seule pendant des mois.
Pour ne pas perdre mon emploi, pour qu'il con-
serve le sien, pour qu'il fasse la transition sans
heurts entre sa femme et moi.

En attendant, je me faisais mon cinéma.
Toute seule. La tête rivée sur l'écran, le cul vissé au
siège, la trouille de le perdre camouflée dans
chacun des «je t'aime» que je lui abandonnais à cor
et à cri durant nos ébats de série B.

Mais je souffrais de jouer l'actrice et la spec-
tatrice, écartelée entre la salle, l'écran et les coulis-
ses, entre l'épouse et... moi. C'était trop. Ce n'était
pas assez. Devant le paradoxe, Simon a lâché prise.
Comme un couard confronté à l'héroïsme.

Depuis près d'un mois, je me lèche le cœur
dans un cul-de-sac sentimental. Le temps n'existe
que par le décompte des plaies que je panse. Une
à une, dans un tic-tac qui érode ma peau, comme
le supplice de la goutte d'eau. Le temps continue
sa fuite en avant. Il aura raison de tout, le temps.
De la raison comme du reste. Oui, de la raison
comme du reste.

Depuis notre rupture, la panique brûle mes
paumes comme de l'acide. Je crispe les poings. Il
n'y a pas si longtemps, la patience se lovait encore au fond du sablier pendant que j'égrenais le

silence. L'espoir s'élevait un cran au-dessus de la souffrance. Tout a basculé quand il m'a quittée.

Dans cet exil de l'âme, je décortique chaque mouvement. J'autopsie chaque acte manqué. Je charcute nos dialogues sourds. Immanquablement, je fais du boudin avec ma colère.

Il me jurait que tout allait bien. Il niait ses torts. Je lui donnais raison. Je lui donnais l'absolution, à lui, le pécheur. Mardi soir prochain, mes yeux resteront secs quand il récitera son acte de contrition.

Des effluves épicés s'échappaient par grappes dès qu'on ouvrait la porte de la boutique. Un arsenal de racines exotiques, de feuilles médicinales et de fleurs séchées jonchaient le comptoir de l'entrée. Charlotte humait la nuée d'arômes qui s'en dégageait comme on respire la terre mouillée après l'orage.

Elle connaissait les propriétés thérapeutiques des herbes. Utilisées à bon escient, elles pouvaient soulager, énergiser, soigner, mais elles avaient aussi le pouvoir d'endormir, de brûler, d'empoisonner et même de tuer, si l'on forçait un peu la dose.

Après quelques minutes d'attente, Charlotte signala sa présence en tapotant la clochette qui se trouvait près de la caisse. Personne ne venait. En marchant dans les allées du magasin, elle s'arrêta devant un étalage de livres sur l'alimentation. Elle les feuilletait négligemment et les replaçait sur les tablettes, un à un. Perché tout en haut de l'étagère, elle reconnut enfin, à la tranche dorée de sa reliure, l'ouvrage qu'elle convoitait. Se dressant sur la pointe des pieds, elle tentait de l'attraper quand un commis apparut de l'arrière-boutique.

— Attendez, je vais vous aider, lui cria le marchand en courant vers elle, affolé. Il attrapa le livre au vol avant qu'il ne s'abîme sur le sol. Tout en parlant, il caressait la jaquette du recueil comme un talisman.

— Ce livre est, pour moi, aussi précieux qu'une bible. Je vous le recommande sans aucune hésitation. C'est pour votre amoureux? demanda-t-il.

— Eh... oui, c'est ça. C'est pour... mon...mon amoureux.

— Alors, c'est gagné d'avance. Aucun risque d'erreur.

— Vous croyez... dit-elle, fomentant déjà son vil dessein.

— Tenez, par exemple..., ajouta le marchand en manipulant toujours le livre avec grand soin, la fameuse recette de confiture de gingembre de Nostradamus, en page 293. Ce petit bijou est extrait du *Traité des fards féminins et des confitures*.

Si vous voulez des enfants, vous visez en plein dans le mille!

La bonhomie un tantinet vulgaire du commerçant agaçait Charlotte. Elle récupéra le livre et sortit illico un billet de vingt dollars, lui signifiant qu'elle désirait payer. Le commerçant continuait toujours son histoire sur le ton de la confidence.

— Si je vous disais, chère mademoiselle, reprit-il, que certaines de ces concoctions sont de la vraie dynamite. Je dirais même qu'elles sont potentiellement dangereuses, si elles ne sont pas absorbées à dose modérée.

Charlotte s'intéressa soudainement à ce qu'il racontait.

— Ça pourrait devenir dangereux?

— Les effets, ma chère dame, sont désastreux si on en abuse.

— Je ne comprends pas.

— La cuisine aphrodisiaque ouvre les portes de l'imaginaire érotique, dit-il en levant les bras au ciel.

Charlotte s'en réjouissait car, dans les derniers milles, la libido de Simon durait le temps d'un feu de paille. Vite consommée, accompagnée de cent mille excuses.

Le commerçant lui remit finalement sa monnaie. Elle sortit hâtivement de la boutique et étudia sans attendre le contenu du livre, absorbée par les secrets d'alcôves que lui révélaient les vieux sages du moyen âge. Elle avait marché près de trois quarts d'heure jusque chez elle sans lever les yeux une seule fois.

Il arriva vers vingt heures, un bouquet d'oiseaux du paradis dans une main et une bouteille de Blanquette de Limoux dans l'autre. Charlotte l'accueillit avec un sourire de fête. Elle étrennait pour l'occasion une robe moulante dont le rouge s'enflammait au contact du regard. Elle avait maquillé ses lèvres et ses yeux avec grand art. Une petite lueur inhabituelle brillait au fond de ses pupilles. Simon avait remarqué la métamorphose. Peut-être allait-il passer une soirée plus agréable que prévu...

— Je peux t'offrir un apéro?

— Avec plaisir.

— Donne-moi deux minutes, je te prépare un nectar des dieux!

Simon s'installa au salon. Contrairement à ses anciennes habitudes, il n'avait pas osé s'affaler sur le canapé. Les circonstances lui dictaient moins de familiarité. S'il avait accepté d'emblée de se jeter dans la gueule du loup, c'est qu'il voulait crever l'abcès, oublier les rancœurs et entamer une relation de franche camaraderie avec Charlotte.

Par contre, il s'interrogeait sur ses véritables intentions à elles. Son comportement lui rappelait vaguement les autres tentatives de réconciliation. Il prenait garde à la flatterie. Mais Dieu, qu'elle était belle! songea-t-il. Plus belle que jamais. Belle à troubler le fonds d'un puits.

Charlotte lui apporta dans un verre givré la potion euphorisante qu'elle avait concoctée la veille, un vin d'iris qui n'avait pas besoin de vieillir longtemps pour produire l'effet escompté. Du moment que l'atmosphère s'éthérisait légèrement au début, ça lui conviendrait. Ce n'était là qu'une première feinte. Elle s'acoquinait avec l'ennemi pour mieux jauger ses faiblesses. Le menu principal donnerait à son invité beaucoup plus de fil à retordre. Bientôt, il mangerait dans sa main.

Pour endormir toute suspicion, Charlotte lui expliqua en détail la composition de son apéritif : du vin blanc sec dans lequel ont macéré, pendant vingt-quatre heures de la cannelle, des racines d'iris, du gingembre séché et du sucre. Une fois filtré, on y ajoutait une pommade de graines de pavot et du lait. Original et vite fait.

Simon buvait son coquetel à petites gorgées, les lèvres pincées. La boisson n'avait pas mauvais goût, mais sa couleur brunâtre et sa texture crémeuse lui donnaient la nausée. Pour ne pas décevoir Charlotte, il termina son verre sans sourciller. Charlotte soupirait d'aise.

La conversation se poursuivit dans la salle à manger. Charlotte avait débouché une demi-bouteille de Chablis et rempli deux verres de cristal. Il lui fallait limiter l'absorption d'alcool, sinon les effets aphrodisiaques perdaient de leur intensité. La Blanquette de Limoux fut oubliée délibérément dans le frigo.

On fit ripaille jusqu'à minuit. On bavarda de tout et de rien. Surtout de rien. Charlotte espérait éviter tout palabre compromettant. Vint alors le temps du dessert. Charlotte trépignait à la seule idée d'offrir à Simon son chocolat des affligés, panacée du Duc de Richelieu, légendaire coureur de jupons. Elle sortit un petit contenant laqué de l'armoire.

De retour à la salle à manger, elle étira le bras et, du revers de la main, caressa la nuque de Simon. Il allait bientôt flancher. Avant même qu'elle ne puisse lui présenter une truffe, il l'attira vers lui. Plusieurs bouchées se dispersèrent sur le plancher de bois franc. Quelle importance, il y avait là bien meilleure friandise. Il savourait déjà éperdument la langue de Charlotte. Devant cet empressement, elle s'affaira de son côté à dénouer la ceinture du pantalon de son amant. Elle descendit la fermeture à glissière et libéra le sexe de Simon avec une délicatesse idolâtre pendant qu'il exultait, pâmé.

Charlotte se laissa ensuite déshabiller. À moitié seulement. Les escarpins, les bas filets et la culotte de soie rouge volèrent aux quatre coins de la salle à manger. Elle aussi le désirait ardemment. Désir de chair, désir de vengeance. Elle lui ferait l'amour à en crever.

La robe rouge retroussée jusqu'au nombril, elle enfourcha Simon d'un coup de hanche, tandis qu'il demeurait assis en s'accrochant de ses deux mains aux accoudoirs de la chaise capitaine. En s'entrechoquant, leurs corps calligraphiaient dans l'espace des arabesques insolentes. Charlotte bougeait lentement et Simon suivait doucement. Au bout d'un long moment, un dernier cri emporta Charlotte au cœur de la jouissance. Simon avait augmenté la cadence et répondit sans se faire prier à l'appel troublant des gémissements de sa maîtresse.

À la grande satisfaction de Charlotte, il en avait redemandé à plusieurs reprises, tantôt sur le divan, tantôt sur le tapis du salon, tantôt adossé sur la rampe de l'escalier ou sur l'îlot de la cuisine. Jamais la fatigue ne vint ralentir ses élans. Charlotte appréciait chaque caresse, chaque mouvement et le lui rendait au centuple. Une extase comme ils n'en avaient jamais vécue auparavant.

Vers trois heures du matin, Charlotte estima qu'il était temps d'agir. Dans un dernier soubresaut de passion, elle l'invita à poursuivre leurs ébats à l'étage. Simon monta le premier. Sans dire un mot, elle ramassa la boîte de chocolats truffés et laissa choir sa robe incendiaire à l'entrée de la chambre.

Les lueurs de la nuit valsaient sur la dentelle des draperies. Le lampadaire dardait sa lumière crue sur les draps bleus. Charlotte alluma une chandelle, puis offrit à son amant un chocolat au Grand Marnier.

Simon était loin de se douter que la liqueur à l'orange camouflait l'odeur des noix de Grenoble broyées dont les truffes étaient farcies. Son allergie était telle qu'il flairait généralement le poison bien avant d'y poser les lèvres. En pouffant de rire, Charlotte engouffra deux chocolats d'un seul coup. Simon se moquait de sa goinferie. Elle le défia d'en faire autant. Il croqua le chocolat à pleines dents. La recette de Charlotte l'avait totalement leurré.

L'intérieur de sa gorge se mit à enfler immédiatement. Ses glandes à se dilater. Une glaire visqueuse encombrait désormais son système respiratoire. Il suffoquait.

Simon essayait de se relever. Mais Charlotte riait de plus belle en se vautrant sur lui tout en lui fourrant d'autres chocolats dans la bouche. Convulsivement, ses bras dessinaient des ombres sur le mur, les ombres folles d'un pantin disloqué.

Il perdit conscience. Charlotte se leva, enfila une robe de chambre confortable et descendit au rez-de-chaussée attendre que la camarde fasse son œuvre.

Elle déboucha la bouteille de Blanquette de Limoux. Le bouchon sauta comme un pétard. Un crime parfait n'est-il pas l'occasion rêvée de festoyer? Elle trinqua à l'amour.

Un air de fin de nuit jouait à la radio, un air de fin de vie, songea-t-elle, en éclatant de rire.

UN SOIR DE PLUIE

Germain Dion

À Marielle G.

FINE et drue, la pluie de novembre rinçait toute grisaille extérieure. Embusqué dans l'obscurité du garage attenant à sa maison, Jacques attendait, un objet contondant à la main. Tout autour de lui, des outils de jardin, suspendus à leurs crochets. Il était plus de vingt-deux heures trente. Jacques avait froid et faim; une persistante humidité le transperçait.

Dans les vallées brumeuses de son imagination, Jacques revoyait défiler son passé.

Il avait épousé Estelle un samedi d'août, voilà quatorze ans, immédiatement après l'obtention de leurs diplômes respectifs. Ils s'étaient connus à l'Université d'Ottawa, lui étudiant en génie électronique et elle en architecture; l'un et l'autre étaient rongés par la même ambition de réussir à tout prix.

Il était heureux de rentrer à la maison le soir, de retrouver Estelle, une petite blonde aux cheveux courts et aux yeux bleus, de deviser avec elle sur leur journée respective au bureau. Même lorsqu'ils recevaient ensemble des amis la fin de semaine ou encore sortaient dîner, en couple comblé, dans l'un des bons restaurants d'Ottawa. Pourtant, après dix ans de cette vie feutrée, il arriva ce qui devait arriver.

Le couple, toujours sans enfant, eut soudain la surprise de découvrir un jour que l'amour si vibrant du début tournait, se transformait en lassitude. Estelle s'offrit la première une aventure. Pendant huit mois, elle rencontra un vendeur de logiciels deux ou trois fois par semaine. Les prétextes invoqués manquèrent toujours plus de vraisemblance. Peu de temps après, Estelle eut une autre courte liaison avec un recherchiste de télévision.

Quand celui-ci, sans crier le moindrement gare, annonça sa mutation dans une autre ville et qu'il ne la reverrait plus, Jacques put deviner qu'Estelle ne lui susciterait pas de remplaçant. Elle en avait assez de ces amours à la sauvette. À la place, elle décida de concentrer son attention sur son travail professionnel.

Jacques prit alors la relève et, à l'aube de la quarantaine, commença à entretenir des relations suspectes.

Sans grand talent pour l'innovation, du moins dans ce domaine, Jacques invoquait toujours les mêmes prétextes :

— J'ai rencontré un ami à la brasserie. Ensuite, j'ai dû retourner au bureau. Tu comprends? Mon Dieu! que je suis occupé!

Toujours très bel homme, sûr de lui, et sans cheveux blancs, Jacques eut alors nombre d'aventures sans lendemain avec des femmes qu'il rencontrait dans les bars et les débits de boissons. Quand Estelle, soupçonneuse, mais oubliant ses propres infidélités, lui reprocha un jour d'être devenu un mari vaporeux, il lui répliqua tout aussi vite qu'il avait de lourdes responsabilités professionnelles. L'oubliait-elle? Il dirigeait le programme de fabrication d'un nouveau semi-conducteur à son usine. Voulait-elle l'empêcher de réussir? Le marché cible était le Japon et même, avec de la chance, toute l'Asie. L'appât de l'argent se révélait puissant. Chaque fois qu'il en était question, le couple retrouvait son unité.

De fil en aiguille, Jacques eut des relations plus suivies avec des femmes, qu'il fallait dorénavant appeler ses maîtresses. La première à entrer ainsi dans son agenda secret fut une infirmière, Judith, une rouquine de Toronto. Anglophone, elle étudiait le français à Ottawa, après avoir séjourné aussi à Montréal.

Dans son carnet intime, Jacques inscrivit ensuite une Chantal, une amie de sa femme, qui vivait dans un appartement en copropriété avec un tout jeune fils que, commodément, la grand-mère offrait souvent de garder.

Toutefois, si plaisants qu'aient été ces épisodes, ils resteraient un pâle et bref interlude. La terre commença à tourner autrement pour Jacques le jour où il reçut à son bureau un appel téléphonique, le deuxième en moins d'une semaine, d'une jeune femme à la voix cristalline. Brigitte tenait beaucoup à le rencontrer. Venant d'être congédiée une fois de plus d'un poste de secrétaire temporaire, elle voulait qu'il l'aide à trouver un emploi. Ses arguments étaient simples. Elle était désespérée. Elle venait du même patelin de l'Estrie que lui. Et elle se présentait comme une amie de la jeune sœur de Jacques.

Quand arriva cette blonde et délicate visiteuse, il lui trouva immédiatement d'excellentes manières. Dans sa robe blanche à très larges fleurs bleu pervenche, aux fins boutons recouverts de même tissu, elle laissait deviner des contours exquis. Un petit air mutin et la gêne la rendaient encore plus ravissante. Elle avait vingt-huit ans, ne portait pas de bijoux, et elle n'avait pas non plus les ongles manucurés. La conversation sortit peu à peu du chenal des formalités et Jacques laissa tomber l'invitation qui bouleverserait si profondément sa destinée :

— Nous pourrions peut-être dîner ensemble un midi, ou un soir?

— Mais je vous connais à peine! protesta l'étrangère, rougissant et inclinant même légèrement la tête... Oui, je pense qu'il me serait agréable de vous revoir, ajouta-t-elle.

Cette rencontre eut lieu à brève échéance. Ils avaient les mêmes goûts. Ils se plaisaient. Avec l'assurance d'un pilote chevronné de supersonique, Jacques savait comment attirer une femme dans son lit. En compagnie de Brigitte, les choses allèrent encore plus vite.

Les deux amoureux affectionnaient les longues randonnées en auto, les flâneries dans les parcs, près du canal Rideau, ou de la rivière. Ils rentraient ensuite savourer des moments de délicate tendresse dans le logement très ordinaire que Brigitte habitait seule, près du Marché By.

En quelques semaines, afin de garder sa maîtresse près de lui, Jacques réussit, grâce à ses nombreux contacts dans l'industrie, à la faire engager par une entreprise sous-traitante.

S'il courtisait assidûment Brigitte, il n'en cessait pas pour autant — apparence oblige — d'assurer un minimum d'égards à sa femme, Estelle. Néanmoins, gonflé par les leurres de son invincibilité, il en vint bientôt à ignorer la plus élémentaire prudence. C'est ainsi qu'un soir où Brigitte et lui sortaient tardivement du restaurant, il tomba nez à nez sur Estelle qui y entrait.

À son retour au foyer, ce soir-là, sa femme lui lança à la figure toutes les méchancetés qu'elle put trouver. Outrée, Estelle pleurait, vociférait, criait et hurlait. Il eut beau tenter d'atténuer la réalité, lui faire accroire que Brigitte n'était qu'une vague connaissance, une amie, rien de plus, Estelle refusa absolument de se laisser convaincre.

— Moi, je t'aime, Jacques! Je souffre. Mais, toi, tu en profites pour aller coucher et te pavaner dans mon dos avec n'importe qui. C'est horrible! Non, cela ne passera pas ainsi!

Tous les soirs, elle emportait un livre et s'allongeait, nue et seule, dans le salon. Contrairement à son habitude, elle laissait tourner la stéréo à haut volume, jusque tard dans la nuit. Le matin, elle faisait tout pour ne pas voir la vaisselle sale empilée sur le comptoir de la cuisine.

Susurrant des mots doux, Jacques, penaud et contrit, usa alors de mille stratagèmes, les fleurs, beaucoup d'œillets de couleur rose, ses préférées, la promesse d'un nouveau manteau de fourrure, l'idée d'acheter une autre maison plus luxueuse dans Rockliffe, les offres de vacances en Alsace ou de billets coûteux à l'Opéra du Centre national des Arts. Il s'était trompé... Il l'aimait. Il ne recommencerait plus. Enfin, Estelle consentit, pouce par pouce, à abaisser le canon de sa rancune. Le couple meurtri put célébrer la Noël d'une façon normale. Jacques s'abstint même de voir sa maîtresse, pendant cette période, la condamnant à une inhabituelle abstinence.

Hélas, l'inévitable se produisit à nouveau. Sans crier gare, Estelle les surprit, un soir, main dans la main, entrant dans un bar dansant.

Cette fois-ci, aucune scène de pleurs ou d'emportement verbal ne suivit la preuve d'infidélité. Le soir, regardant une émission de variétés à la télévision, Estelle l'attendait, tout sourire, au salon. Sa tenue légère décolletée galbait sans retenue toutes ses formes.

Ils firent férocement l'amour, et le même scénario, le même engouement se répétèrent les jours suivants. Le corps haletant et frémissant d'Estelle se soulevait sans arrêt comme une vague de feu. Jacques se demandait même si sa femme n'était pas devenue nymphomane.

Mais comment contenter en même temps, deux femmes, sans au fond appartenir à aucune? De plus, Jacques devait accomplir fidèlement son travail au bureau, maintenant que la date de lancement du semi-conducteur approchait.

Jacques ne cessait pas, pour autant, de voir Brigitte. La première difficulté à laquelle il dut faire face, il n'en soupçonna d'abord même pas l'existence.

À la longue, fatigué de ses ébats avec des partenaires qu'il avait habituées à des prouesses, il eut des ratés. Il recourut à toute une gamme d'explications usées : son surcroît de travail d'ingénieur, la fatigue, le mauvais temps, la migraine ou autres alibis. La plus mordante à lui reprocher de n'être plus un homme fut sa femme.

Elle lui recommanda avec méchanceté d'aller se faire soigner, d'aller faire un tour dans les *sex-shops*.

— Il y a des livres, des revues pour aider les gars comme toi, lui lançait-elle.

Ne dissimulant pas son aigreur, Estelle ne faisait pourtant curieusement jamais allusion à la séparation ni au divorce. Dans la rue, lorsqu'elle voyait un beau mâle se dandiner, elle soupirait, pleine de sous-entendus :

— Regarde, c'est un vrai, lui...

Ils commencèrent à louer des films érotiques, sans que la pratique entraînât les résultats souhaités. En outre, Jacques se souvenait encore, comme si c'était hier, d'une autre scène où Estelle lui suggérait doucereusement de sortir.

Beaucoup de femmes, qu'il ne connaissait pas, se mirent à l'appeler à la maison. Elles lui faisaient toutes des propositions sordides, le plus souvent dans un langage grivois. Lorsqu'il refusait, elles raccrochaient en pouffant de rire. Leur manège répétitif, s'ajoutant à ses autres déceptions, lui mettait les nerfs en boule.

Tout le navire de son assurance se mettait bel et bien à chavirer. À l'usine, le programme de lancement du nouveau semi-conducteur battait de l'aile, comme si les Japonais ne voulaient plus tout à coup se laisser damer le pion par ce «Jacques d'Ottawa» qui travaillait (supposément!) jour et nuit. Le comble était que Jacques éprouvait maintenant de la difficulté à répondre aux exigences de son travail d'ingénieur.

Une compagnie rivale prétendit qu'on violait ses droits prioritaires de brevet dans un prospectus diffusé par la compagnie de Jacques. La mise en demeure conduisit à un règlement hors cour et le prospectus fut refait. Le conseil d'administration n'en tint d'abord pas rigueur à Jacques. Mais, au premier contrecoup de la récession, la diminution des ventes servit de prétexte pour fusionner le service de la recherche, où Jacques travaillait, et celui de la conception. Et c'est Jacques qui fut congédié, moyennant une généreuse indemnité de départ.

À partir de ce moment, les flèches d'Estelle devinrent empoisonnées. En outre, elle ne se gênait plus pour sortir le soir, alors que Jacques, rivé au clavier de son ordinateur, rédigeait des dizaines de demandes d'emploi pour ingénieur vieillissant.

Avant de partir, Estelle lui soufflait même :

— Ce serait gentil si tu t'occupais de la vaisselle. Demain matin, j'ai rendez-vous avec le président. Je ne voudrais pas arriver fatiguée. Le nouveau secrétaire de la compagnie doit y être aussi...

De prince héritier, le mari, autrefois si flamboyant, était devenu prince déchu. Il n'était plus qu'une quantité de trop. Ses amis, même ceux du golf d'autrefois, feignaient maintenant subtilement de l'ignorer. Fatigué, épuisé, oublié, délaissé, ne se rasant plus, Jacques se mit alors à boire. Il ne trouvait plus le courage de faire face à la vie.

Même Brigitte, les rares fois où il aspirait à la voir, se défilait maintenant derrière des occupations de dernière minute. Jamais plus, elle ne lui demandait son avis, ni où il allait. S'il lui parlait de projets de vacances, elle lui jetait tout sèchement au visage :

— Bah! Nous verrons. Lis les journaux.

Puis il se remémora encore avec chagrin la dernière étape de sa déchéance.

Un soir, Estelle lui annonça qu'elle aimait un autre homme et qu'elle ne désirait plus partager sa vie avec lui. Elle lui donnait un mois pour liquider la maison et répartir les meubles. Ensuite, elle s'installerait chez son ami, le nouveau secrétaire de la firme d'architecture où elle travaillait.

Jacques n'eut même pas la force de prononcer un mot.

Enfin, deux semaines plus tard, ce fut le coup de grâce. Interrogeant la mémoire de l'ordinateur à la maison, il découvrit par accident le code d'accès d'un fichier secret tenu par sa femme, où il trouva le texte d'une lettre adressée à la tenancière d'un bordel.

Chère madame Louise,

Ça va bien. Vous devez continuer de demander à vos filles d'appeler mon mari, Jacques. Il devient chaque jour un peu plus énervé et un peu plus déséquilibré. Je veux lui montrer que, au jeu de la vengeance, une femme vaut en raffinement quatre hommes.

Si vous avez besoin de plus d'argent pour vos services, dites-le-moi.

Je joins ce chèque.

Estelle

Tout près d'un an de déceptions et d'humiliations s'était écoulé et avait rogné sa fierté. Épuisé, isolé, fini professionnellement et émotivement, Jacques décida à son tour de se venger.

Ce soir de pluie, veille du départ définitif de sa femme, le verrait enfin réagir, avait-il décidé. Dissimulé dans le noir du garage, il l'attendait pour la tuer...

Jacques quitta le garage sans regarder Estelle, sans même vérifier si elle était vivante ou morte. Un seul coup lui avait suffi pour assouvir sa hargne et sa déception. Dans la maison, il appela les enquêteurs de la Sûreté municipale d'Ottawa.

Sans répit, la pluie ruisselait. Les longs bras des réverbères envoyaient au sol de pâles halos jaunâtres.

Un sourire amer vint aux lèvres de Jacques qui, entre ses doigts jaunis, allumait la cigarette du condamné.

Une rouleuse, évidemment!

PORNO BLUES
débauches mortelles

Richard Poulin

*Ne sommes-nous pas tout proches
de la pornographie!*
Witold GOMBROWICZ *(1962)*

PROLOGUE

CADAVRE DÉCOUVERT À AYLMER

(PC) Le cadavre d'un homme ayant séjourné depuis quelque temps dans l'eau a été découvert hier, dans la rivière des Outaouais, près de la marina d'Aylmer. Vers midi, deux promeneurs ont aperçu le corps non loin de la rive. Le cadavre sera soumis à une autopsie mais les policiers notent déjà qu'il ne portait pas de marques suspectes.

— C'est fait?
— C'est fait. Le contrat a été exécuté.
— Pas de traces?

— Pas de traces. Comment ça se passe à Miami?

— Bien, très bien. Ça se vend comme des petits pains chauds. Et pour toi à Hull, comment ça va? As-tu trouvé un autre étalon?

— Non, pas encore.

— Ça ne sera pas facile de trouver un autre cheval avec autant de mordant.

— Et ça va nous coûter bien plus cher.

— Ouais, les faux frais augmenteront. Mais la qualité de notre produit nous permettra de majorer les prix. Notre clientèle augmente et en veut plus. Mon cahier de commandes est déjà rempli pour le prochain voyage. Il faut accélérer les choses.

— T'es sûr qu'il fallait éliminer notre étalon? Je ne vois pas qui pourrait le remplacer.

— On n'avait pas le choix, tu le sais bien, il avait chopé une maladie.

— Mais dans les conditions où on le faisait travailler, sa maladie n'était pas bien grave.

— Peut-être pas pour les pouliches, mais pour nous ça commençait à devenir plutôt, comment dire, risqué. C'était impossible de le faire soigner. Puis, il commençait à prendre le mors aux dents et à ruer dans les brancards. Il était trop dangereux.

— O.K. O.K! J'essaye de trouver un remplaçant. Ça ne sera pas de la tarte.

— Je le sais bien. Mais dans le tas des régu-
liers qui fréquentent notre écurie, il doit bien y
avoir un étalon qui n'attend que ça, de sauter nos
pouliches.

— Ouais.

— J'ai pensé que le prochain titre de notre
produit pourrait s'intituler : «on meurt par où l'on
a péché».

— Très drôle.

— En tout cas, moral.

— Moral? Qu'est-ce que tu me racontes?
Dans les histoires, il y a une morale, dans la vie,
pfut! À part l'argent, rien ne compte.

— Sauf pour ceux qui n'en font pas.

— Ouais, mais nos produits ne s'adressent
pas à eux. Ce qui veut dire que ta morale, tu peux
bien te la mettre où je pense.

— Bon, bon, j'ai compris... Je reviens dans
dix jours. Fais le bonjour à ta femme et à tes
enfants de ma part.

— Je n'y manquerai pas. Salut.

— Salut.

I

LE CADAVRE NU D'UNE JEUNE FEMME EST DÉCOUVERT PRÈS DE L'AUTOROUTE 50

(PC) *Le cadavre nu d'une jeune femme retrouvé dans un fossé de l'autoroute 50 près de l'aéroport de Gatineau, hier, en fin d'après-midi, constitue toujours une énigme pour les policiers de la section des homicides de la Sûreté générale, chargés d'élucider cette mystérieuse découverte.*

La jeune femme, au début de la vingtaine, et dont la police ne connaissait toujours pas l'identité hier soir, était morte depuis deux ou trois jours lorsque son corps a été trouvé, vers 15 h 45 hier.

La macabre découverte a été faite par des jeunes qui pratiquaient le moto-cross.

Certains indices recueillis sur les lieux ainsi que la présence de nombreuses blessures sur le corps de la jeune femme semblent indiquer qu'il pourrait s'agir d'un crime sexuel sadique.

Après avoir procédé à des examens sommaires, le coroner, Claude Champagne, a ordonné que le corps soit transporté à la morgue où une autopsie doit être pratiquée aujourd'hui pour déterminer la cause précise de la mort.

L'enquête a été confiée aux sergents-détectives Raymond Bellange et Guy Piloin, sous la supervision du lieutenant-détective Claude Sansfalong, tous de la section des homicides de la Sûreté générale.

Le tueur poussa un profond soupir de satisfaction. Il était subjugué par l'extase et par l'excitation du meurtre qu'il venait de commettre. Il avait eu un tel vide à combler. Il avait attendu ce moment pendant des semaines et des semaines, se demandant s'il pourrait à nouveau consommer l'acte.

Enfin, c'était fait.

Maintenant, il était troublé par le silence. Un terrible silence après les cris de la fille qui avait hurlé à s'en faire péter les tympans. Désormais, il n'y aurait plus de gémissements pouvant l'exciter. Même le léger ronronnement de la caméra vidéo avait cessé.

Il avait froid. La fine pellicule de sueur qui séchait peu à peu à la façon des marées, par vagues régulières, le faisait frissonner et lui donnait envie d'uriner.

Il se retenait. La pression douloureuse de sa vessie ne pouvait qu'augmenter son prochain plaisir. Cette seule pensée provoqua un début d'érection.

Il s'adossa au mur faisant face au divan-lit et contempla son œuvre. Il chuchota :

— Ça t'apprendra, sale petite traînée!

Bien sûr, elle ne pouvait plus apprendre.

Palpant son pénis, le tueur redécouvrit que le plaisir se conjuguait avec la douleur. Il regarda à nouveau la fille et grommela :

— T'as pas trop aimé ça, hein!

Il gloussa, retroussant des lèvres charnues sur des dents légèrement déchaussées.

La grande pièce minable du chalet puait. Elle empestait l'urine et les excréments. En se vidant de son sang, la fille s'était vidée tout court. Mais cela ne dérangeait ni le tueur ni le cameraman. Ils étaient trop stimulés. Le tournage en direct de ce meurtre sexuel avait été un succès total. Ce *snuff* rapporterait une fortune, au moins cinq cents dollars la cassette.

La pièce lambrissée de faux bois ne contenait qu'un divan-lit décoloré et taché qui avait dû être rouge vif voici quelques lustres. C'est sur ce meuble qu'il l'avait tuée. Elle gisait là, presque aussi rouge que le divan-lit.

Son visage était méconnaissable. Il était enflé. Les arcades sourcilières et le nez étaient fracturés, les lèvres tuméfiées. Son sein gauche, quasiment sectionné, s'échappait largement de sa cage thoracique et reposait dans une flaque de sang. Un de ses bras faisait un angle impossible tandis que ses jambes ouvertes, béantes même, bleues des sévices reçus, laissaient voir un pubis sanguinolent de trop de coups de dents rageurs, comme si le tueur avait tenté hargneusement de l'épiler.

Il se souvenait qu'au début du tournage, la fille lui avait dit de se taire. Elle l'avait complètement écœuré. Il avait frappé tout en hurlant :

— Sale putain!

Incapable, avec son sexe tout ratatiné, de parvenir à une érection, le tueur s'obstina à rouer de coups la danseuse nue. À un moment, il sentit quelque chose se briser net dans son nez et cela l'excita.

— J'suis prêt maintenant, déclara-t-il, impatient. Ouvre tes jambes!

Il était épouvantable.

Elle était allongée, tendue, la tête sur le côté pour que la caméra ne puisse pas voir les larmes couler sur son visage boursouflé, pendant que le tueur se tortillait, la tripotait pour maintenir son érection. Il fit courir sa langue sur le corps de la fille, insistant sur ses blessures, et il lui dit, excité :

— Criss que tu vas jouir!

Elle relâcha tous ses muscles pour tenter de lui faciliter la tâche dans l'espoir de s'en débarrasser, dans l'espoir qu'il éjacule.

Finalement, il jouit.

Il poussa un long soupir.

Il se releva. Debout sur le lit, jambes écartées, il urina, l'aspergeant, en poussant de longs râles comme s'il venait de jouir à nouveau.

Elle sombra dans l'inconscience.

II

CADAVRE DE L'AUTOROUTE 50 : L'IDENTITÉ DE LA VICTIME N'A PAS ÉTÉ ÉTABLIE

(PC) Dans l'espoir de faire progresser l'enquête, les policiers de la SG lancent un appel à la population afin d'identifier le cadavre de la jeune femme trouvé sur l'autoroute 50 près de l'aéroport de Gatineau.

Il s'agit d'une femme de race blanche âgée de 18 à 22 ans. Elle a les cheveux noirs coupés courts. Elle mesure environ 1,58 m (5'2) et pèse 49 kg.

Les enquêteurs ont constaté de multiples blessures au corps et au visage rendu quasi-

ment méconnaissable ainsi que plusieurs traces de piqûres aux deux bras.

Bien que les résultats de l'autopsie ne soient pas encore connus, tout semble indiquer que la jeune victime aurait été violée sauvagement.

Toute information utile peut être communiquée au 595-2052 ou au 595-2777.

Le Château d'Éros était situé rue de la Promenade du Portage, la rue principale de la ville de Hull. Ce bar de danseuses nues nichait dans un immeuble moderne construit quelques années auparavant. Avec l'aide de la Banque canadienne de prospection, le propriétaire du bar avait pu non seulement acheter tout l'édifice, mais aussi étendre ses activités à Ottawa où il possédait désormais quatre autres bars de danseuses nues. Le Château d'Éros était très actif à midi. Les fonctionnaires fédéraux et provinciaux venaient y manger leur lunch et fantasmer avant de retourner à leur routine bureaucratique.

La salle était sombre. En son centre, une sorte de scène circulaire, vivement éclairée, permettait aux hommes de prendre une bière tout en reluquant de près les cinq danseuses qui, tour à tour, le temps de trois chansons, se trémoussaient au son de la musique disco, n'hésitant pas à briser le rythme pour montrer ce qu'elles devaient montrer. D'immenses photos de femmes nues ornaient les murs. Seule la présence des danseuses aux tables de clients qui payaient cinq dollars les deux minutes et quelques secondes de fausse intimité, le temps éphémère d'un quarante-cinq tours, autorisait un semblant d'interaction.

Juchée sur un tabouret percé en son centre d'un trou laissant passer la lumière d'une ampoule électrique de soixante watts, la danseuse, au nom évocateur de Lolita, se tortillait dangereusement pour placer son pubis à la hauteur du visage d'un homme assis. Son équilibre était précaire. Elle écartait le plus possible les jambes en se penchant vers l'avant tout en se tenant sur la pointe des pieds.

Au moment où le tueur entra, il la vit dans cette posture. Il prit soin de ne pas trop la regarder et alla s'asseoir au bar.

Le tueur avait au moins trente ans. Il était corpulent. Assis à sa place habituelle, il commença à regarder Lolita d'une façon qu'il voulait discrète.

Allant vers le bar, son tabouret dans les mains, elle lui jeta un bref regard, lui tourna le dos, et fit la grimace. Depuis ce matin, Lolita savait qu'elle devait baiser avec lui pour réaliser un vidéo porno. Elle avait accepté la proposition du propriétaire du bar qui était aussi le propriétaire de l'agence qui plaçait les danseuses dans les différents clubs de la région.

Pour Lolita, le tueur n'était qu'un rocker libidineux et sale qui, régulièrement, venait lorgner les belles et jeunes danseuses en tentant d'oublier ainsi sa triste vie de paumé.

Elle était consciente que d'autres hommes la regardaient. Qu'ils la regardent donc... Et qu'ils la payent pour regarder. Elle souriait, du même sourire triste qui ne la quittait jamais lorsqu'elle faisait le plancher de danse. Même lorsqu'elle donnait l'apparence d'une femme parfaitement heureuse, la vraie tristesse, celle qui crispe tout un être, ne se trouvait jamais loin.

On eût dit que Lolita ne se sentait pas intègre en menant l'existence qu'elle avait délibérément choisie. Pourtant, elle ne voulait pas faire autre chose. Elle ne se voyait pas trimer quarante heures par semaine pour un salaire de misère. Et puis, l'hypocrisie de la société officielle l'horripilait. Pour les hommes qui venaient la guigner, elle savait pertinemment bien qu'elle était une preuve vivante que les femmes ne sont qu'ordures morales, salopes. Elle avait depuis longtemps constaté que, jour après jour, des dizaines de pères-la-pudeur et de maris vertueux s'enfermaient dans une salle sombre pour la posséder par procuration et divaguer grâce à sa nudité trémoussante. Eux, ils ne se considéraient pas comme des salauds.

Elle souriait. Sans ce rictus, elle serait rarement appelée à danser aux tables. Son sourire doux était celui d'une femme qui en savait long sur son propre compte, mais qui était paralysée par une destinée inéluctable. Sa lucidité ne lui servait à rien; elle n'entendait pas changer de conduite, encore moins de vie. Son comportement n'était rien d'autre qu'un interminable tic nerveux compulsif.

Sans l'ombre d'un doute, son sourire évoquait pour les imaginatifs lubriques qui la toisaient dans les bars où elle dansait, la femme facile, l'allumeuse triomphante, celle qui n'est que fantasme, celle qu'ils pouvaient salir en imagination et dont ils gardaient l'image en tête en se détournant de leur fade et trop connue épouse. Elle symbolisait la chair fraîche, la jouisseuse, celle qui ne met aucune barrière au voyeurisme masculin et qui s'en repaît.

Elle avait volontairement décidé que son corps, objet d'attraction et de désir, ne lui apporterait rien de plus que le moyen de survivre, lui qui avait été la source de tous ses malheurs. On en avait tellement abusé dans son jeune âge qu'elle en abusait à son tour.

Aussi, pouvait-elle pratiquer sans aucun remord la danse nue et accepter de se prostituer sans contrainte. Contrairement à nombre de danseuses, elle ne séparait pas dans le temps les deux activités. Elle n'avait pas attendu d'être trop vieille pour la danse nue avant de se lancer dans la prostitution. À dix-neuf ans, elle savait qu'il ne lui restait que deux ou trois ans pour faire son blé grâce à la danse.

Enfin, pour Lolita, le plaisir était impossible à atteindre. Son corps n'était pas connecté à son esprit. C'était un simple instrument de travail. Il était froid, vide, réceptacle aux multiples orifices désormais dédié à la piètre jouissance masculine.

Ses manières apparemment émancipées, son abandon, son avilissement délibéré, tout cela n'était rien d'autre qu'un combat désespéré contre ses inhibitions. Pas un seul de ses innombrables accouplements n'était réel : bien que parfaitement imités, ils restaient sans vie. Il n'y avait pas de démarcation entre le sexe et l'apparence de sexe, entre la vie et la pornographie.

Le rocker, qui l'observait depuis le coin de la salle, lui fit signe de venir le rejoindre. Il sentit son cœur se serrer en voyant approcher Lolita dans un déhanchement suggestif accentué par de hauts talons à aiguille.

Lolita l'examina en traversant la salle. Elle remarqua ses cheveux longs, raides et gras. Elle nota aussi que l'homme n'avait pas un regard lubrique et dominateur; il était comme traversé par des sentiments contradictoires.

Intriguée et irritée, elle déposa son tabouret à ses pieds et lui dit d'une voix terne :

— C'est cinq dollars la danse.

Il la regarda intensément et lui dit dans un murmure :

— C'est avec moé que tu vas tourner le film ce soir. J'ai pensé qu'on pourrait jaser un peu.

Elle aurait voulu se montrer aimable, mais elle en était incapable. Son ton de voix la rebutait profondément. Il était chargé à la fois de timidité, d'agressivité et de désir.

Le tueur la dévorait des yeux, se repaissait de son visage, de ses cheveux noirs, de ses lèvres fines, pincées par une sorte de colère contenue. Il respirait difficilement.

— C'est vrai, j'ai envie de t'parler. J'veux t'connaître un peu.

Dans deux minutes, il va me demander c'est quoi mon signe astrologique et pourquoi je danse nue, pensa-t-elle.

— J'veux t'parler. C'est important pour moé. J'payerai le temps que tu passes avec moé comme si tu dansais pour moé.

Lolita s'efforçait de ne pas perdre son calme. Cet homme se montrait ridiculement pressant. Elle ne comprenait pas pourquoi il donnait de lui-même une image aussi médiocre. Mais, en tout cas, elle n'avait pas envie de le savoir.

Les gens commençaient à les regarder avec curiosité, échoués comme ils l'étaient, elle debout près de son tabouret, lui assis chuchotant.

— C'est important pour moé, répéta-t-il.

Lolita tapa du pied, énervée par ce ton implorant.

— Fiche-moé la paix! lui lança-t-elle.

— Si j't'paye, tu dois faire ce que j'veux, répliqua posément le tueur.

Elle apprécia ce ton froid, marchand, qui remettait les choses à leur place, comme elles se devaient de l'être. Elle esquissa un sourire.

— Exactement, grinça-t-elle. T'as parfaitement raison. Parle-moé donc pis paye-moé un verre, un double, non un triple cognac!

Le tueur la trouvait si belle qu'elle l'envoûtait. Il voulait vraiment lui parler. Il désirait garder d'elle un souvenir vivace qu'il imaginait être celui du chat ronronnant de satisfaction après avoir joué des heures avec la proie qu'il va tuer. Il savait qu'elle ne serait plus de ce monde dès ce soir. Il y avait donc urgence. Il voulait jouir de ces instants où la victime ne se sent pas encore menacée.

Il l'avait choisie entre toutes, exigeant du propriétaire qu'elle soit sa partenaire pour le *snuff*. Lolita représentait à ses yeux l'essence même de la féminité. Il la désirait.

— J'pense que j't'aime, dit-il dans un murmure.

Lolita s'esclaffa.

— J'plaisante pas.

— C'est ça qui est drôle.

— J'ai terriblement besoin de t'parler.

Lolita se referma.

— Lolita, gémit-il, Lolita!

Elle était si jeune, si fragile. Le tueur éprouvait une grande compassion pour elle.

Pauvre type, pensa-t-elle. L'amour doit être une chose terrible pour qu'un homme soit aussi coincé et suppliant.

L'amour. Ce sentiment était si terrifiant... Même répudié, il rampait vers vous. Elle avait beau le supprimer de sa vie, il revenait insidieusement l'enserrer.

Lolita n'éprouvait d'attachement pour aucun homme et elle n'avait pas envie d'en éprouver. Elle en savait long sur les hommes, à force de coucher avec eux : une coterie égoïste au phallus triomphant. Fiers d'eux quand, de peine et de misère, ils arrivaient à maintenir une érection plus de cinq minutes. Lorsqu'ils ne sont pas préoccupés par leur seul orgasme, imbus d'eux-mêmes, leur passion est imbécile, sonne faux. Elle les méprisait. Elle aurait pu gémir de rage chaque fois que ses organes asséchés se mettaient à fonctionner mécaniquement à leur intrusion dans son corps pour accélérer leur éjaculation. Mais gémir, c'était déjà exprimer une sensation. Elle s'y refusait totalement et préférait rester à des années-lumière de l'homme, de l'acte, son acte.

Elle était une sorte de trompe-l'œil; cet ostensible détachement envers l'acte sexuel, que les hommes trouvaient si aguichant au lit, ne cachait qu'une grande lassitude.

Pourtant, Lolita était incapable de ne pas baiser avec les hommes. Comme si elle devait obligatoirement vivre une sorte de revanche périodique sans rémission. Cette concupiscence compulsive la dominait, la minait.

L'image de son père lui traversa l'esprit. Son énorme pénis cherchait à s'introduire en elle, lui déchirant son jeune vagin, déchiquetant à jamais sa vie. Elle la chassa, combattant cette nausée qui revenait régulièrement la faire hoqueter de douleur. D'un seul coup, Lolita en eut marre. Elle avait besoin de faire savoir à l'inconnu que les hommes ne sont que des vicieux, que leurs piètres cervelles se situent fondamentalement dans l'entre-jambes et qu'ils feraient bien de se la trancher, leur maudite queue.

C'est alors que le tueur s'adressa à elle :

— Lolita?

Quoi? répondit-elle d'un ton agressif.

— Tu prends un autre verre? demanda-t-il, hésitant.

Elle haussa les épaules.

Sans quitter Lolita des yeux, l'homme leva le bras pour appeler à nouveau la barmaid. Se contentant de la dévisager, il ne dit rien jusqu'à ce que la serveuse arrive avec la consommation.

Lolita l'examinait, elle aussi, secouant la tête plutôt tristement; les hommes étaient tellement laids.

— Euh!... Est-ce que...

— Pourquoi tu veux m'connaître? Tu penses peut-être qu'il faut s'fréquenter avant de baiser devant une caméra?

Le tueur la regarda fixement.

— Réponds pas tout de suite, poursuivit-elle. J'vais le faire à ta place. Tu dois t'dire : « En voilà une qui ferait mon affaire ». Tu crois qu'ça m'intéresse, moé, d'coucher avec un gars comme toé? S'y avait pas l'porno, tu crois-tu vraiment qu'à soir j'baiserais avec toé?

Le type tenta de répliquer :

— Tu t'trompes Lolita. C'est pas ça que j'veux. J'veux juste t'connaître, parce que moé...

— J'te crois pas. Les hommes veulent toujours la même chose, rien qu'la même chose. Et pis à voir ta tête, j'suis sûre que les quelques femmes sur lesquelles t'as posé tes grosses pattes sales ont dû connaître l'enfer... T'es un vicieux...

Au moment où elle prononçait cette phrase, elle comprit qu'elle s'en foutait royalement qu'il soit vicieux ou non. Qu'est-ce que cela pourrait bien changer? Et elle avait décidé de faire le film. On lui avait promis trois mille dollars pour une heure, une heure et demie de travail. De toute façon, lui ou un autre, ça ne changerait rien. Appuyant les coudes sur la table, elle déclara :

— Ça m'est égal, on peut s'parler. Mais pas tout d'suite. Après le film peut-être.

— Après le film? répéta-t-il, sidéré.

— J'ai pas l'temps maintenant.

— Mais...

— Y a pas de mais.

Lolita lui sourit, prit son tabouret et le quitta pour se préparer à faire son numéro sur la scène centrale.

III

TROIS MEURTRES RELIÉS AU MILIEU DE LA DANSE NUE A HULL? LA POLICE S'INTERROGE SUR LES CIRCONSTANCES SIMILAIRES DE TROIS ASSASSINATS COMMIS RÉCEMMENT

(PC) *Le mystère le plus obscur continue toujours d'entourer le meurtre d'une jeune femme d'environ vingt ans dont le cadavre a été retrouvé, il y a une semaine, dans un* fossé en bordure de l'autoroute 50 près de l'aéroport de Gatineau.

Cette jeune personne est la troisième femme victime d'un assassinat en dix mois dans la région de l'Outaouais.

Bien qu'ils ne possèdent, pour le moment, aucun indice sérieux leur permettant de relier ces trois homicides, les policiers de la Sûreté générale n'écartent pas cette possibilité.

La dernière victime de cette série d'assassinats avait été rouée de coups, violée et battue à mort.

L'enquête confiée au lieutenant-détective Claude Sansfalong de la section des homicides de la SG n'a pas encore permis l'identification de la victime.

Les circonstances ne sont pas sans évoquer celles de deux autres crimes perpétrés en moins de dix mois dans la région de l'Outaouais

Sylvie Archambal, une danseuse nue de 19 ans, avait été violée et battue jusqu'à ce que mort s'ensuive, avant d'être découverte baignant dans son sang dans un fossé près de Old Chelsea, à l'entrée du parc de la Gatineau.

Hélène Lépure, 20 ans, une autre danseuse nue, avait subi le même triste sort.

Elle avait été trouvée sans vie près du chemin Pierre Lahorte, à Cantley.

Lolita n'avait pas la moindre idée de ce qui n'allait pas chez elle. Était-ce un malaise particulier et indéfinissable ou un état général déplorable? Elle penchait pour la seconde explication. Elle avait bu du cognac pendant des heures et elle souffrait de manque. Elle n'avait pas encore pris sa dose d'héroïne. Ils étaient venus la chercher au Château d'Éros sans lui laisser la possibilité de retourner chez elle, là où elle planquait sa drogue.

Sa tête bourdonnait, son cerveau hurlait, et dès qu'elle fermait les yeux, tout tournait. Couchée sur un divan-lit dans un chalet inconnu, elle examinait la pièce, et son regard décelait dans ce décor quelque chose de malsain. Elle était pelotonnée dans une couverture rêche qui ne lui tenait même pas chaud.

Après qu'elle eut posé pour les premières prises de vue obligatoires et le réglage de l'éclairage, le tueur avait tenté de lui parler.

— Fous-moé la paix, lui avait-elle crié.

La bouche du type s'ouvrit toute grande. Ses yeux lancèrent un éclat jaunâtre funeste. Il s'avança vers elle, lui arracha la couverture, l'agrippa, lui tordit le bras, la projeta sur un mur, l'assommant partiellement, et commença à la tirer vers le lit en la traînant par les cheveux. Lolita ne résistait qu'à moitié, trop hébétée. Elle hurlait de douleur. Elle aurait voulu lui dire de se calmer, elle ne put lui crier que des obscénités.

Le sexe mou, le tueur se contenta de la battre jusqu'au moment où le craquement de l'os de son nez lui provoqua un début d'érection. Alors, il s'acharna à la posséder, la pénétrant comme s'il était un piston chargé de la défoncer à grands coups de boutoir mécanique. Il éructait :

— Tu vas voir c'que j'vais t'mettre, tu vas voir...

Il redoubla ses efforts. Elle planta ses ongles dans le drap rugueux et sale. Le tueur lui fourra sa langue dans la bouche. Elle étouffait. Il en jouit violemment.

Le tueur avait complètement perdu la tête quand la fille avait sombré dans l'inconscience, incapable d'apprécier sa jouissance urinaire. Il l'avait frappée, main ouverte puis poing fermé. Il écoutait avec plaisir les bruits mats de ses coups sur le corps jeune et ferme. Quand le sang jaillit, il connut une autre érection.

Puis il connut un moment extraordinaire, juste après qu'il eut frappé à nouveau et que la jeune femme soit revenue à la conscience pour la dernière fois de sa triste vie. Elle avait éclaté en sanglots et tenté de s'écarter de lui telle une jeune mariée effarouchée pendant la nuit de noces. Il s'était senti gagné par une sorte d'exaltation, si bien qu'il se vautra de nouveau sur elle, sondant ses blessures, l'embrassant comme s'il voulait lui retirer l'air des poumons.

Il lui murmura des mots d'amour, parce qu'elle était encore vivante. Puis, quand il en eut assez, il la serra contre lui, son visage ensanglanté contre le sien, et il lui dit :

— C'est la fin, mon amour.

Il la mordit, lui arrachant presque le sein gauche. Il lui laboura le ventre de ses ongles. Et il la pénétra en l'étranglant, jouissant de sa mort.

Quand il réussit à se relever, il eut envie de reprendre toute la scène depuis le début. Sa dernière éjaculation avait été tellement savoureuse...

Contemplant les flaques de sang et le cadavre de la fille, il se surprit à songer à sa première relation sexuelle. Sollicité par une femme légèrement plus âgée que lui, il s'était révélé incapable de remplir sa fonction. Son membre viril lui avait fait faux bond comme un pneu crevé. Son refus obstiné et catégorique de se dresser l'avait totalement humilié. Cette petite portion rabougrie de lui-même qui, périodiquement, se révélait être en érection incontrôlable, pendait mollement contre sa cuisse.

— Du calme, avait fait la femme, te mets pas dans des états pareils.

Il se souvenait de la lumière qui brillait trop vivement; il se rappelait aussi ses yeux lorsqu'il avait commencé à l'étrangler. Enfin, il revivait l'érection monstre qui lui avait permis de l'enfiler et de jouir pendant ses derniers spasmes.

Depuis, avec l'âge et l'expérience, il avait amélioré sa technique. Maintenant, il jouissait à plusieurs reprises. Il finissait par se prendre pour un amant robuste et fantastique.

De temps à autre, les femmes qu'il avait tuées revenaient le hanter. Alors, il percevait leurs voix éteintes dans le silence de son appartement; il bandait en entendant l'écho des plaintes qui étaient sorties de leur bouche au moment de mourir.

Les femmes! Elles n'aiment que les hommes virils et brutaux, pensa-t-il en triturant son sexe. Quand les hommes sont tendres et doux, c'est-à-dire mous, elles les rejettent. Seule la dureté peut les faire gémir de plaisir, estima-t-il.

Sur cette pensée, il sentit son phallus se raffermir.

Il se masturba sur Lolita. La douleur qui lui ravageait la verge ne lui facilitait pas les choses. Cependant, la douce délivrance vint dans une explosion d'autosatisfaction.

Le bonheur qu'il éprouvait d'être à nouveau actif, après de longues semaines d'oubli, comme s'il sortait d'hibernation, lui permettait de savourer pleinement ce qui venait de se produire.

La voix perdue de Lolita résonnait maintenant en lui comme si elle essayait de le remercier. Il fut heureux de l'entendre. Il comprit qu'elle était pour toujours délivrée de cette terre et que, s'il s'en tirait à nouveau, ce serait grâce à la jouissance et au plaisir qu'elle lui avait donnés. Désormais, il pourrait attendre plusieurs mois avant de recommencer.

IV

LE CADAVRE DE LA JEUNE FEMME DE L'AUTOROUTE 50 : L'AUTOPSIE RÉVÈLE QU'ELLE ÉTAIT ATTEINTE DU SIDA

(PC) En conférence de presse, le lieutenant-détective Claude Sansfalong, responsable de l'enquête sur le mystérieux meurtre de la jeune femme découverte près de l'aéroport de Gatineau, dans un fossé bordant l'autoroute 50, a dévoilé le rapport du médecin légiste.

Le rapport confirme que la jeune femme a été sauvagement violée à plusieurs reprises, battue jusqu'à la mort et étranglée.

Ce rapport révèle aussi que la jeune femme souffrait d'un herpès simplex et du sarcome de Kaposi, c'est-à-dire du sida. Le lieutenant-détective a précisé qu'elle était héroïnomane.

La Sûreté générale rattache ce meurtre aux deux autres commis au cours des dix derniers mois. Tout indique, selon les analyses de sperme et les coups et blessures reçus par les victimes, que c'est le même meurtrier qui a perpétré les trois assassinats.

Ce meurtrier risque désormais d'être atteint de deux maladies sexuelles transmissibles, dont le sida.

Le policier de la SG a déclaré que tout sera mis en œuvre pour arrêter le tueur. Une récompense de 10 000 dollars est promise à quiconque livrera des informations conduisant à l'arrestation de l'assassin.

Toute information peut être communiquée confidentiellement aux numéros suivants : 595-2052 ou 595-2777.

LES AUTEURS

*A*NDRÉE BEAUREGARD,
Enfant de la guerre froide, Andrée Beauregard est née à Rivière-à-Claude, en Gaspésie. Après des études bâclées en droit, elle se marie, puis, cinq ans plus tard, divorce, s'insérant ainsi parfaitement dans la moyenne statistique. Elle n'a jamais plaidé et n'envisage pas de le faire. Elle a publié des nouvelles dans *Criss d'octobre!* et dans *Contes et nouvelles de l'Outaouais québécois* (Éditions du Vermillon).

*C*HRYSTINE BROUILLET
Née en 1958 au Québec, Chrystine Brouillet a vécu sept ans à Paris. À son actif, on dénombre quatre romans policiers : *Chère voisine, Coups de foudre, Le Poisson dans l'eau* et

Préférez-vous les icebergs? dans lesquels sévit l'inspectrice Maud Graham. Elle écrit aussi des romans jeunesse. Elle vient de publier les deux premiers tomes d'une saga historique, *Marie Laflamme* et *Nouvelle-France* (chez Denoël). Sa nouvelle, «Un gentilhomme en automne», est parue une première fois dans *Nouvelles, nouvelles,* n° 22, mars 1991.

*D**IDIER DAENINCKX*
Né en 1949 à Saint-Denis (France), Didier Daeninckx travaille très jeune comme imprimeur, puis devient animateur culturel dans la banlieue nord de Paris. Auteur de romans noirs, il n'a jamais rêvé de faire carrière dans la police (il a tendance à les suicider). En revanche, les traces de l'histoire ouvrière, ses combats, la construction des villes, l'univers urbain, la transmission de pouvoir dans les régions le passionnent. Il a publié : *Mort au premier tour* (éditions du Masque); *Meurtres pour mémoire* (Folio), *Le Géant inachevé, Le Der des ders, Métropolice, Le Bourreau et son double, Lumière noire* (Gallimard, Série noire); *La Mort n'oublie personne, Le Facteur fatal* (Denoël); *Play-back* (publié aussi chez J'ai lu sous le titre de *Tragic City Blues*), *Non-lieux* (L'Instant); *À louer sans commission* (Gallimard/page blanche). Il a aussi publié deux romans jeunesse. La revue *Polar* lui a consacré un dossier en 1991.

GERMAIN DION

Ancien journaliste, Germain Dion a décidé d'entreprendre une seconde carrière. Depuis 1989, il exerce la profession de notaire à Hull. Il a publié un essai politique, *Une tornade de soixante jours : la Crise d'octobre à la Chambre des Communes* (Asticou, 1985) et deux romans policiers : *Meurtre à Papineauville* (éditions de la Petite-Nation, 1983) et *Deux par deux* (Asticou, 1987). Il est originaire de Honfleur, comté de Bellechasse (Québec), tout près de la Beauce. Il est père de quatre enfants, Isabelle, François, Michel et Mireille.

BERNARD DRUPT

Né en Bourgogne, Bernard Drupt est administrateur du Syndicat des journalistes et écrivains depuis 1968. Président (depuis 1980), chroniqueur et rédacteur en chef de la *Revue Indépendante*, il est membre de nombreux jurys littéraires et a reçu nombre de distinctions récompensant ses mérites professionnels. Nouvelliste et romancier, il a publié *L'Aventure est pour tout le monde, La Liberté vaut un amour* (Nicéa); *Mise au parfum, La «piscine» est dans le bain* (Gerfaut et en espagnol chez Amaïka); *Dix jours avant* (La Revue Indépendante); *Opération retour* (Calibre 9); *Ultime mission* (Presses européennes et Toronto-Express);

Naissance d'un espion (Presses Pocket); *Le Fumier* (Le Condor); *La Dernière croisade, Ils m'ont dit* (Fricker-Productions); *Photo-souvenirs* (La Girouette). Il a collaboré à moult journaux et revues.

MARIE-KRISTINE GALIPEAU

Née à Val-des-Monts le 23 décembre 1961, Marie-Kristine Galipeau en est à ses premières armes dans le domaine de l'écriture. L'avortement, thème qu'elle aborde dans sa nouvelle, lui est particulièrement sensible. Psychologue dans un cabinet privé au Québec, Marie-Kristine a vu défiler devant elle de nombreuses femmes écrasées sous le poids du silence et de la culpabilité et qui sont venues déverser leur trop-plein suite à un avortement. C'est au nom de ces femmes et pour toutes celles qui subiront un jour cette déchéance qu'elle a fait crisser sa plume sur une feuille vierge et hurler d'horreur les mots qui noircissent le papier.

MICHÈLE LA ROCHE

Née à Québec en 1956, elle a œuvré pendant une dizaine d'années dans le milieu des communications à titre de journaliste chroniqueure culturelle et consultante. «La Recette de Charlotte» est sa première nouvelle publiée.

RICHARD POULIN Montréalais d'origine, professeur de sociologie à l'Université d'Ottawa, ex-chroniqueur littéraire à Radio-Canada, rédacteur en chef de la revue *Critiques socialistes*, Richard Poulin a publié plusieurs livres en sciences sociales, notamment *La politique des nationalités de la République populaire de Chine* (éditeur officiel du Québec), *La violence pornographique*, *Les Italiens au Québec* et *Marx et les marxistes* (Asticou). Il a participé aussi à des livres collectifs tant en sciences sociales que dans le domaine de la fiction. Il a dirigé *Criss d'octobre!* le premier recueil de nouvelles noires publiées chez Vermillon dans la collection *Rompol* qu'il dirige.

MADELEINE RENY Franco-ontarienne d'origine, Madeleine Reny fait une première tentative en écriture à l'âge de quarante ans. Sa nouvelle «Crise d'octobre, crise de larmes» publiée dans le recueil *Criss d'octobre!* aux Éditions du Vermillon, reçoit un accueil favorable. Elle récidive avec «Pare-chocs» dans le recueil *Contes et nouvelles de l'Outaouais québécois* publié également chez Vermillon. Mariée et mère d'un adolescent de dix-sept ans, Madeleine Reny occupe la fonction d'agente des relations publiques au quotidien *LeDroit* depuis plus de cinq ans.

GILLES-ÉRIC SÉRALINI

Né à Bône, en 1960, sur le sol de l'Algérie française, l'auteur est professeur de biologie moléculaire à l'Université de Caen, dans le pays du Calvados, après avoir vécu en Ontario, puis au Québec. Il allie l'enseignement à la recherche fondamentale en endocrinologie, mais publie également par passion de la poésie, des articles et des nouvelles depuis 1978. Ses principales œuvres sont *Cris de soleil* (éditions Regain, 1985, Monaco) et *Il n'est source que bonheur* (éditions Louis Riel, 1990). Le thème du bonheur à créer autour de nous et en nous comme sens profond de la vie, malgré les impasses égocentriques comme celle qu'il décrit ici dans «Les trois marches», sous-tend la quasi-totalité de ses écrits.

TABLE DES MATIÈRES

DIFFUSION

Pour tous les pays
Les Éditions du Vermillon
305, rue Saint-Patrick
Ottawa (Ontario) K1N 5K4
Tél. : (613) 230-4032

Au Canada
Québec Livres
4435, boulevard des Grandes Prairies
Saint-Léonard (Québec) H1R 3N4
Tél. : (514) 327-6900

Composition en Palatino
corps douze sur quinze
mise en page :
Atelier graphique du Vermillon
Ottawa

Impression et reliure :
Les Ateliers Graphiques Marc Veilleux Inc.
Cap-Saint-Ignace

Achevé d'imprimer
en mars mil neuf cent quatre-vingt-treize
sur les presses
des Ateliers Graphiques Marc Veilleux Inc.
pour les Éditions du Vermillon

ISBN 0-919925-88-X
Imprimé au Canada